T0051509

La verdad sobre la luz

Auður Ava Ólafsdóttir

La verdad sobre la luz

Traducción del islandés de Fabio Teixidó

Papel certificado por el Forest Stewardship Council®

Título original: *Dýralíf*
Primera edición en castellano: febrero de 2024

Este libro ha sido traducido con el apoyo financiero de:
ICELANDIC LITERATURE CENTER

Printed in Spain – Impreso en España

ISBN: 978-84-204-7653-7
Depósito legal: B-20253-2023

Compuesto en Arca Edinet, S. L.
Impreso en Unigraf, Móstoles (Madrid)

AL76537

A quienes nos precedieron.
A quienes están hoy aquí.
A quienes están por venir.

Índice

La palabra más bonita

En 2013, los islandeses eligieron por votación la palabra más bonita de su idioma. La ganadora fue un sustantivo de nueve letras empleado para designar una profesión sanitaria: ljósmóðir, *«comadrona». En su razonamiento, el jurado argumentó que la palabra combinaba dos de los conceptos más bellos de este mundo:* ljós *y* móðir, *«luz» y «madre». Literalmente: «madre de la luz». Aunque ahora ya no se usan, en islandés hay más formas de referirse a una comadrona: «guardiana», «mujer presente», «recibidora», «mujer cercana», «ventrera». Actualmente, también se emplea el diminutivo* ljósa. *En danés, «comadrona» se dice* jordemor*; en noruego,* jordmor*; en sueco,* barnmorska*; en finlandés,* kätilö*; en inglés,* midwife*; en alemán,* Hebamme*; en holandés,* verloskundige*; en polaco,* położna*; en francés,* sage-femme*; en italiano,* ostetrica*; en portugués,* parteira*; en estonio,* ämmaemand*; en letón,* vecmate*; en lituano,* akušerė*; en ruso,* акушерка, *en yidis,* קושערקעא, *en irlandés,* cnáimhseach*; en galés,* bydwraig*; en árabe,* قابلة*; en hebreo,* תֶדֶלַיְמ*; en catalán,* llevadora*; en húngaro,* szülésznő*; en albanés,* mami*; en euskera,* emagin*; en croata,* primalja*; en checo,* porodní asistentka*; en chino,* 助上士*; en rumano* moasă*; y, en griego,* μαία.

El significado y el origen de esas palabras no siempre está claro, pero casi todas hacen referencia a una mujer que ayuda a otra a dar a luz a un bebé. En algunos casos, la etimología da a entender que se trata de una mujer mayor que a veces es la abuela materna del niño.

I. Madre de la luz

No sé quién me ha traído al mundo,
ni qué es el mundo, ni qué soy yo mismo;
me hallo en una terrible ignorancia de todo;
no sé lo que es mi cuerpo, qué mis sentidos, qué
mi alma, ni qué esa misma parte del yo que piensa
lo que digo, que reflexiona sobre todo y sobre sí
misma, y no se conoce a sí misma mejor que al resto.

BLAISE PASCAL

Recibo al bebé cuando nace, lo alzo y lo muestro al mundo

Para poder morir, primero hay que nacer.

Ya casi es mediodía cuando por fin se rasga la noche polar y el astro de fuego despunta en el horizonte. Una franja de luz rosada, apenas más ancha que un peine de bolsillo, se cuela entre las cortinas del paritorio y se posa sobre la mujer que sufre acostada en la camilla. La futura madre levanta un brazo y, antes de dejarlo caer, abre la palma de la mano para atrapar la claridad del alba. En la piel estirada del vientre lleva tatuado medio kiwi repleto de semillas, parece cortado con un cuchillo afilado, pero ahora la tinta se ha agrietado y las letras de la inscripción que se lee debajo se han separado: *T u y a p a r a s i e m p r e*. Cuando el bebé nace, la fruta velluda se encoge.

Me pongo la mascarilla y la bata.

Ha llegado el momento.

La más dura de las experiencias humanas.

Nacer.

La cabeza asoma y, un instante después, sostengo el pequeño cuerpo viscoso impregnado de sangre.

Es un niño.

No sabe quién es ni quién lo ha traído al mundo. Por no saber, no sabe ni qué es el mundo.

El padre tiene que dejar el móvil en la mesilla para poder cortar el cordón umbilical. Le tiembla la mano mientras rompe el lazo que une a la madre y al hijo.

La mujer gira la cabeza y lo observa.

—¿Respira?

—Respira.

Y pienso:

A partir de ahora respirará veintitrés mil veces al día.

Llevo a la báscula esta masa de carne que grita y llora. El bebé agita los brazos, ya no hay muros, ya no hay fronteras, nada que delimite el mundo, ahora está en una dimensión desconocida, un espacio infinito, un territorio inexplorado, está en caída libre y, cuando se calma, tiene la cara arrugada, desfigurada por la angustia.

El termómetro exterior de la ventana indica cuatro grados bajo cero y el animal más vulnerable de la tierra descansa en la báscula, desnudo e indefenso, sin pelo ni plumas que lo protejan, ni escamas ni vello corporal, solo tiene una fina pelusa en la cabeza que brilla bajo la luz azulada del fluorescente.

El bebé abre los ojos por primera vez.

Y ve la luz.

Ignora que acaba de nacer.

Lo saludo: Bienvenido, pequeñín.

Le seco la cabeza y lo envuelvo en una toalla antes de dárselo al padre, que lleva puesta una camiseta con la frase EL MEJOR PADRE DEL MUNDO.

Emocionado, el hombre se echa a llorar. Ya pasó todo. Exhausta, la madre llora también.

El padre se inclina con el bebé en brazos y se acuesta con cuidado junto a su mujer. El niño gira la cabeza hacia la madre y la mira, pero sus ojos todavía están inmersos en las tinieblas de las profundidades terrestres.

Aún no sabe que esa mujer es su madre.

Ella lo mira y le acaricia la mejilla con el dedo. El niño abre la boca. Le da igual estar aquí que en cualquier otro sitio.

—Pelirrojo, como mi madre —dice la mujer.

Es su tercer hijo.

—Los tres han nacido en diciembre —comenta el padre.

Recibo al bebé cuando nace, lo alzo y lo muestro al mundo. Soy la madre de la luz. Soy la palabra más bonita de la lengua islandesa.

Tres minutos

Tras haberle dado a la madre dos puntos de sutura, dejo que el niño pase un rato a solas con sus padres. Entre parto y parto suelo salir a un pequeño balcón que da a la avenida Miklabraut, a no ser que el viento me impida abrir la puerta del fondo del pasillo. La maternidad dispone de nueve paritorios y, por lo general, le doy la bienvenida al mundo a un niño cada día, aunque a veces pueden ser tres. En temporada alta, las madres alumbran en la cafetería, en la sala de estar o incluso en el ascensor que sube al departamento. Una vez tuve que salir corriendo al aparcamiento para asistir un parto en el asiento delantero del viejo Volvo de una joven pareja asustada. Tras pasar un día entero manipulando sangre y carne, es una bendición poder contemplar el firmamento.

Respiro hondo y me lleno los pulmones de aire frío.

—Ha salido a tomar el aire —dicen mis compañeros.

El tiempo ha estado muy revuelto estas últimas semanas.

A comienzos de mes, los termómetros alcanzaban cifras de dos dígitos, la naturaleza se despertó y los árboles reverdecieron. El 4 de diciembre, la estación meteorológica más septentrional del país llegó a registrar diecinueve grados. Luego las temperaturas se desplomaron de repente, disminuyeron veinte grados en un día y cayeron copiosas nevadas. Las quitanieves apenas podían despejar las calles, los copos colmaban el cielo, las ramas de los árboles se combaban, los coches quedaron sepultados bajo un espeso manto blanco y la nieve nos llegaba hasta las rodillas cuando íbamos a sacar la basura. Después las lluvias causaron un importante deshielo y las masas de nieve medio fundida represaron los ríos, que desviaron su curso y anegaron las carreteras y los campos, dejándolos llenos de lodo y piedras. Hace unos días salió en el telediario que, en el sur del país, se habían quedado atrapados veinte caballos como consecuencia de las inundaciones. Las imágenes mostraban una serie de granjas que emergían del agua como si fueran islas y un granjero explicaba que había tenido que ir a buscar sus caballos en barca y que luego los animales habían vuelto a tierra nadando. Hasta que no remitiera la crecida, no sabrían si había más ganado bajo el agua.

—El tiempo se ha vuelto loco —le confesaba el granjero al reportero que lo entrevistaba.

Mi hermana, como meteoróloga, opina lo mismo.

—Esperemos que todo vuelva pronto a la normalidad —añadió.

En la calle Ljósvallagata, las lluvias torrenciales habían hecho que se desbordaran los desagües y se inundaran algunos trasteros. Cuando eché un vistazo al mío para comprobar si había sufrido desperfectos, encontré, entre otras pertenencias de mi tía abuela, un árbol de Navidad y una caja llena de adornos. Decidí subir ambas cosas al segundo piso. Tras el diluvio, hubo severas heladas por todo el país y las calles se convirtieron en verdaderas pistas de patinaje. De hecho, esta semana han dado a luz dos mujeres con el brazo escayolado porque se habían resbalado en el hielo. Lo único que se ha mantenido constante durante todo este mes ha sido el viento. Y la oscuridad. Salgo a trabajar de noche y vuelvo a casa de noche.

Cuando entro de nuevo al pasillo de la maternidad, veo al padre del recién nacido frente a la máquina de café. Me hace un gesto para indicarme que quiere hablar conmigo. Tanto él como su mujer son ingenieros eléctricos, lo cual confirma, tal y como especula una de mis compañeras, que cada vez es más frecuente que los dos miembros de la pareja ejerzan la misma profesión: dos veterinarios, dos comentaristas deportivos, dos pastores eclesiásticos, dos agentes de policía, dos *coaches*, dos escritores. Mientras el ingeniero selecciona su bebida, me explica que el nacimiento del pequeño estaba previsto para el día 12, el 12, el día del cumpleaños de su abuelo paterno, pero el bebé se ha hecho esperar una semana.

Toma un sorbo de su vaso de cartón, baja la mirada hacia la moqueta y tengo la impresión de que algo le ronda por la cabeza. Cuando se termina el café, cambia de tema y me pregunta qué criterio se sigue para determinar la hora exacta en que nace un niño.

—Se toma como referencia el momento en que sale el bebé por completo —le explico.

—¿No cuando se corta el cordón umbilical? ¿O cuando el niño se echa a llorar?

—No —respondo mientras pienso: No todos los niños lloran. O respiran.

—Bueno, es que me estaba preguntando si podría constar en su acta de nacimiento que nació a las doce y doce en lugar de a las doce y nueve. Solo hay tres minutos de diferencia.

Lo observo.

La pareja ha llegado esta noche a la maternidad y el hombre apenas ha pegado ojo.

—Para compensar lo de no haber nacido el doce, el día doce —añade mientras aplasta con la mano el vaso de cartón.

Reflexiono.

Me está pidiendo que el niño no nazca hasta pasados sus tres primeros minutos de vida.

—Me haría mucha ilusión —insiste.

—Podría haber mirado mal el reloj —le digo.

Tira el vaso a la papelera y caminamos juntos hacia la sala de estar, donde nos esperan la madre y el hijo.

El hombre se detiene antes de entrar.

—Sé que Gerður quería una niña, aunque no lo diga en voz alta. Las mujeres prefieren tener hijas.

Tras unos segundos de duda, me explica que habían leído un artículo sobre cómo condicionar el sexo del niño, pero lo habían descubierto demasiado tarde.

—Que sea lo que tenga que ser —concluye mientras me tiende la mano y me da las gracias por mi ayuda—. Pensándolo bien —añade este hombre con un claro interés por la estadística—, hay veinte millones de personas que cumplen los años el mismo día que mi hijo.

Pocas cosas bajo el sol pueden sorprender a una mujer con mi experiencia laboral. En todo caso, solo el ser humano

Con frecuencia, la labor de comadrona se hereda, se transmite de madre a hija. Yo, por ejemplo, pertenezco a la cuarta generación de comadronas de mi familia. Mi bisabuela fue partera en el norte del país durante la primera mitad del siglo xx, y mi tía abuela trabajó casi cincuenta años en la maternidad. Luego está la hermana de mi madre, que fue comadrona en un pequeño pueblo de Jutlandia. También existen testimonios escritos de que uno de nuestros antepasados varones trabajó como comadrón y asistió el parto de doscientos niños. Por lo visto, Gísli Raymond Guðrúnarson, más conocido como «Nonni», no solo estaba dotado de unas manos expertas, sino que además era un extraordinario herrero que fabricó fórceps y toda clase de instrumentos obstétricos.

El espíritu de mi tía abuela todavía flotaba en el aire cuando empecé a trabajar en la maternidad, hace dieciséis años. Las comadronas más veteranas la recuerdan bien, pero cada vez quedan menos de sus antiguas compañeras. Aún corren historias sobre ella, incluso entre las que nunca la conocieron. Era famosa por soltar comentarios del tipo *Cualquier tonto puede tener un hijo*. Comentarios que, al parecer, hacía como hablando consigo misma. Una de sus compañeras, sin embargo, afirma que no se expresó en unos términos tan duros y que sus verdaderas palabras fueron algo como *No todo el mundo debería tener hijos*. O incluso *No todo el mundo está hecho para ser padre*. Pero otra niega que formulara así su frase y asegura que más bien dijo que una persona problemática no dejaba de serlo porque tuviera un hijo. Aunque, según una tercera, mi tía abuela nunca había hablado de personas problemáticas sino de personas imperfectas, y consideraba que no había nada peor que el victimismo. Por lo que cuentan, buscaba indicios de autocompasión en los futuros padres y pensaba que *El victimismo puede aflorar o no, pero está anclado en lo más profundo de la naturaleza humana.*

Parece ser que también hacía predicciones sobre el futuro de las parejas. Sentada con una taza de café medio llena y un terrón de azúcar entre los labios, anunciaba sus profecías moviendo la mano en círculos de modo que el líquido ondulara en el interior de la taza.

—Tendrán otro hijo y se divorciarán.

Sin embargo, a veces sus vaticinios podían ser un tanto enigmáticos, como *Ese tejido que llamamos familia es una cosa muy extraña.* Según sus compañeras, mi tía abuela nunca había creído en las relaciones, y mucho menos en el matrimonio. Una iba un poco más lejos y decía que no tenía mucha fe en el ser humano. Sus palabras exactas fueron: *Creo que no tenía mucha fe en las personas, a no ser que midieran cincuenta centímetros, no pudieran valerse por sí mismas y no supieran hablar.*

Cada vez que pasaba algo, repetía el mismo estribillo: *Pocas cosas bajo el sol pueden sorprender a una mujer con mi experiencia laboral. En todo caso, solo el ser humano.*

Así se expresaba.

A nadie le pasó desapercibido lo mucho que le costó adaptarse a lo que ella llamaba el «cambio radical» que había sufrido el trabajo de las comadronas cuando los padres comenzaron a estar presentes en el nacimiento de sus hijos. Aunque sus reticencias no dejaban de ser algo contradictorias, puesto que siempre había considerado de lo más natural que, en los viejos tiempos, los hombres ejercieran también la profesión en Islandia.

Mis décadas de experiencia laboral dicen lo contrario, argumentaba para oponerse a los cambios organizativos de la maternidad. En su opinión, tener que estar pendiente de los hombres le suponía una carga extra de trabajo. En la época de mi tía abuela, los cónyuges de las parturientas eran únicamente varones y solían llegar de la oficina vestidos con traje y corbata. Al no saber dónde colgar sus abrigos o sus sombreros, se los daban a las comadronas. Otros venían del taller con las manos embadurnadas de lubricante. Algunos se quejaban de que mi tía abuela no hacía mucho caso a los padres y se centraba solo en las madres. Una vez oí decir que gozaba de la protección de cierto obstetra. Pero, cuando les pregunté a sus antiguas compañeras por qué habría necesitado de esa protección, me respondieron con evasivas. Más tarde me pareció entender que había sido la amante de aquel hombre durante décadas, pero todavía no he podido confirmarlo.

Por experiencia sé que, a menudo, el cónyuge lo pasa mal viendo sufrir a su pareja y tiene la sensación de no estar siendo útil.

Acaricia el brazo de su mujer y le dice de vez en cuando:

—Lo estás haciendo muy bien.

La parturienta le responde con la misma frase:

—Lo estás haciendo muy bien.

El cónyuge me confiesa: No puedo hacer nada. O bien: Me frustra no poder hacer nada. O directamente: No sé qué hacer. También me dice cosas como: Ya no puedo más. O: No sabía que mi mujer fuera a sufrir tanto. O: No sabía que un parto podía durar setenta y ocho horas. Y concluye: Nunca podré compartir con ella su experiencia. Por su parte, las parturientas piensan: Nunca podrá compartir conmigo este suplicio. No sabe lo que es sentirse atornillada por unas tenazas al rojo vivo que te abrasan la espalda.

A veces los cónyuges también sienten náuseas o mareos.

Sus mujeres los consuelan y les sugieren que vayan a comprarse un sándwich. Entonces aparecen de repente en la sala de personal para informarme de que la máquina expendedora está vacía y les explico que no es nuestra labor reponerla. O bien encargan una pizza y piden enviarla a la maternidad. Hay muchas cosas que hoy dejarían atónita a mi tía abuela, como encontrarse una caja de pizza en la camilla de una mujer en pleno parto. Sobre el nórdico. Si el parto se prolonga mucho, puede que el cónyuge tenga que ir a buscar a sus otros hijos a casa de la abuela materna para llevarlos a casa de la abuela paterna, o viceversa.

A fin de acortar la estancia de las mujeres en la maternidad y minimizar el continuo ir y venir de sus parejas, así como el picoteo, aconsejamos a las mujeres que solo vengan cuando tengan contracciones cada cinco minutos.

Creo que, cuando mi tía abuela decía que la presencia de un hombre no tenía cabida en un paritorio, se refería sencillamente al tamaño. O, como decía una de sus compañeras, le parecía que aquellas *moles* no pintaban nada entre lactantes balbucientes y mujeres doloridas, que el problema principal era la diferencia de volumen entre un hombre adulto y un bebé.

Todo mamífero busca una mama

A pesar de su fama de excéntrica, las compañeras de mi tía abuela deseaban que les tocara trabajar con ella. La recuerdan sobre todo por dos cosas: sus labores de punto y sus pasteles. Me han hablado mucho de sus tartas de merengue de varios pisos, rellenas de pera o melocotón en almíbar y nata montada, con una base de bizcocho empapado en jerez. Cuando una mujer había dado a luz, le cortaba una enorme porción de tarta y se la llevaba en una bandeja, acompañada de un café bien cargado. Hace unas décadas, las mujeres acudían mucho antes a la maternidad, en cuanto tenían las primeras contracciones. Y luego, a no ser que el parto se complicara, pasaban una semana entera en el hospital. Cuando mi tía abuela comenzó su carrera, a mediados del siglo pasado, la labor principal de una comadrona consistía en cuidar del bebé mientras la madre reposaba. Muchas mujeres mayores me han contado que recuerdan los partos como un momento de solaz, un paréntesis en el ajetreo de las tareas domésticas y la crianza de los hijos. Se acuerdan especialmente de que les llevaban la comida a la cama; una de ellas empleó en su descripción la expresión «a mesa puesta». Entablaban amistad con las otras parturientas, se ponían los rulos unas a otras, fumaban juntas y salían de la maternidad con un pelo impecable y zapatos de tacón.

Mientras las madres descansaban, mi tía abuela apenas se despegaba de los recién nacidos. Cuando las madres terminaban de darles el pecho, los llevaba de regreso al nido, caminaba con ellos en brazos, les apoyaba la cabeza contra su propio hombro y les acariciaba la espalda para ayudarles a eructar mientras les hablaba en voz baja. Luego los acostaba, les cambiaba los pañales y los tapaba con una manta. Cuando llegaba el momento de la siguiente toma, los llevaba de nuevo en brazos de sus madres y los devolvía otra vez a la cuna, ida y vuelta, ida y vuelta, uno tras otro, por turnos. Todas sus compañeras coinciden en que pasaba mucho tiempo en el nido hablando con los bebés. Según parece, lo hacía con la intención de prepararlos para la vida. Corrían muchos rumores respecto a lo que les decía. Una había escuchado algo como *Te vas a quedar aquí un tiempecito*. A lo que luego habría añadido: *Coge fuerzas, que te espera una cuesta bien empinada*. Otra la había visto meter a un bebé en la cuna mientras le decía: *Te desviarás del camino más de una vez*, sin saber muy bien si estaba citando la Biblia. Una tercera afirmaba haberla oído evocar a algunas poetas que conocía personalmente: *Lo poco que sabemos es que pronto llegará la oscuridad*. Y también: *Lo poco que sabemos es que pronto llegará la luz*. El final de la frase dependía de la época en que nacían los niños, de si los días se hacían más largos o más cortos, de si la noche era clara o negro azabache.

Lo que sí recuerdan todas sus compañeras, sus «hermanas de la luz», es que, antes de que una madre saliera del hospital, mi tía abuela se inclinaba sobre la cuna del bebé y se despedía de él deseándole sol, luz y calor. En concreto, le decía: *Que vivas muchos amaneceres y muchas puestas de sol*. De hecho, más tarde esas palabras acabarían siendo la piedra angular del obituario que le escribirían.

Las comadronas de su generación pasaban largas horas junto a la cama de las futuras madres hasta que llegaba el momento del parto. La mayoría aprovechaba el tiempo para hacer punto o coser. Algunas pensaban que el tintineo de las agujas de tricotar tenía un efecto relajante. También cuentan que mi tía abuela le regalaba una prenda de punto a cada niño al que había ayudado a nacer y que reservaba las mejores las de patrones más complicados, para los bebés prematuros. Por lo visto, tenía una gran pericia y era capaz de tricotar empleando miles de agujas a la vez. Cuando llevaba a los recién nacidos a sus madres y les daba sus últimas felicitaciones antes de despedirse y dejarlos en manos de la incertidumbre o, como ella decía, *en manos de Dios y los cuatro vientos*, los bebés estaban envueltos de la cabeza a los pies en sus leotardos, sus calcetines, su jersey y su gorro.

Asesora de lactancia

En lugar de retirarse cuando alcanzó la edad de la jubilación, mi tía abuela continuó trabajando en la maternidad, donde le asignaron una serie de tareas especiales. Su principal labor consistía en ayudar a las parturientas a dar el pecho. Las ponía cómodas y acercaba una silla a sus camas para sentarse a su lado. De lo que ocurría después no se sabe mucho, ya que trabajaba a puerta cerrada, pero se rumorea que las tranquilizaba diciéndoles que no se preocuparan, que *todo mamífero buscaba siempre una mama*. Con el tiempo, me he encontrado con algunas de esas mujeres y me han contado que, sobre todo, les hablaba de la luz. Se acuerdan de ella con mucho cariño y recuerdan que les decía cosas bonitas. Pero también tristes. Una de ellas me dijo que le había mencionado a un tal Pascal.

Aunque había dejado de asistir partos, a veces le pedían ayuda cuando alguno se resistía. Entonces se ponía su viejo estetoscopio, posaba las manos sobre el vientre de la mujer y palpaba las piernas del niño mientras hablaba en voz baja, en un tono casi imperceptible. Hablaba con el bebé. Le decía que ya podía nacer.

Y lo hacía.

Nacía.

—Son mis manos —explicaba.

Como tantas otras comadronas, había decidido no ser madre.

Mis compañeras saben que me pusieron su nombre y que vivo en su apartamento, que ella era Dómhildur primera, y yo, Dómhildur segunda: Fífa y Dýja.

En mi familia hay una larga tradición de bautizar a las hijas con el nombre de alguna comadrona soltera y, cuando mi hermana decidió llamar a su primera hija Dómhildur, quiso aclarar que no lo hacía en mi honor, sino en el de nuestra tía abuela.

Cuando tía Fífa murió, resultó que me había dejado en herencia la mitad de su casa, un apartamento situado en el segundo piso de un inmueble de la calle Ljósvallagata. La otra mitad se la dejó a la Asociación Protectora de Animales de Islandia.

—Muy consecuente —opinó mi madre.

Tal y como constaba en su testamento, el dinero que dejó en su cuenta bancaria se destinó a la unidad de observación del Hospital Infantil de Hringur con el fin de comprar *tres lámparas para tratar la ictericia en recién nacidos y dos incubadoras para bebés prematuros*.

En la casa de Ljósvallagata, el aparador donde está la televisión custodia también una colección de botellas de jerez Bristol Cream que sus compañeras y algunas madres le regalaron cuando se jubiló. Dicen que apenas contaba con que le fueran a regalar una y al final acabó recibiendo diez. *Gracias por todas tus tartas al jerez*, le escribieron en una tarjeta que todavía cuelga de una de ellas. Heredé nueve.

El ser humano crece sumido en la oscuridad, como una patata

Cuando iba al instituto, me encantaba hacer los deberes en casa de tía Fífa, por lo que solía pasarme por Ljósvallagata al salir de clase. Algunas veces me quedaba a dormir, al principio solo los fines de semana, pero luego también entre semana. Mientras cursaba mis estudios de comadrona, vivía con un pie en su casa y otro en la de mis padres, hasta que el último semestre de invierno me instalé allí definitivamente. Lo cual supuso tener que estar pendiente de ella, sobre todo después de que un día se dejara la cafetera en el fuego mientras estaba en el cementerio adecentando la parcela familiar. La acompañaba al supermercado y a la peluquería en su viejo Lada Sport beis de hacía veinte años y, cuando dejó de conducir, entonces pasé a ser yo quien la llevaba de un lado a otro. Una vez se me olvidó avisarla de que no iba a volver a casa por la noche. Cuando reaparecí tras mi prolongada ausencia, no dudó en pronunciar su veredicto:

—Así no vamos a ninguna parte.

Sin embargo, mostraba un gran interés en mi material de estudio o, mejor dicho, en lo que ella llamaba las *nuevas teorías en boga*.

—¿Qué quieren decir con eso de que el olor de la pareja ayuda a la mujer a sobrellevar las contracciones? —me preguntó una vez.

A lo cual añadió que hubo un tiempo en que no era inusual que los futuros padres llegaran a la maternidad apestando a alcohol y que trataran de disimular el hedor poniéndose *aftershave*. Old Spice. También decía que el olor de los recién nacidos no era muy distinto al de un almacén de patatas, una mezcla de tierra y moho.

Una vez le mostré un viejo libro de texto que empleaba una serie de peces para ilustrar las fases de crecimiento del feto. Comenzaba siendo un espinocho, luego un arenque, después un eglefino y finalmente un bacalao. Todavía puedo ver a mi tía abuela negando con la cabeza mientras decía: *Un feto es un feto, el hombre es un mamífero bípedo*. Y luego concluía con su coletilla de siempre: *En calidad de comadrona, sé que el ser humano crece sumido en la oscuridad, como una patata*.

Mientras hacía las prácticas en la maternidad, me preguntaba cada día cuántos niños habían nacido en mi turno y si habían sido partos naturales, asistidos o por cesárea. Yo le hacía un informe y, cuando una vez le conté que una pareja que había tenido gemelos el año anterior había vuelto a tener otros, se limitó a responder:

—Pues van a tener que cambiar cuatro pañales.

También me gustaba pedirle consejo. Ella respondía a mis preguntas, pero a veces sus respuestas podían ser ambiguas y no siempre resolvían mis dudas, como, por ejemplo:

—Pequeña Dýja, la mujer es el único mamífero que no es fértil a lo largo de toda su vida.

Recuerdo que una vez comparó un parto difícil con un suplicio que, de haber podido, muchas mujeres habrían preferido ahorrarse.

—En otras circunstancias, cualquier persona estaría dispuesta a confesar lo que fuera con tal de que dejaran de torturarla —añadió.

Cuando a las parturientas se les administra gas de la risa, se relajan y hablan de cosas aleatorias. Por ejemplo, me cuentan qué huesos se han roto, si se fracturaron la muñeca, un dedo de la mano o dos dedos del pie, y explican las circunstancias de cada accidente. A veces también dan detalles sobre cuándo y cómo fueron concebidos sus hijos. Y, aunque nunca mencionan una intervención divina, algunas historias parecen tener tintes sobrenaturales, ya que a veces la fecundación se ha dado en situaciones muy inusuales o en momentos imposibles. En algunos casos, el espermatozoide habría tenido que esperar una semana entera a que la mujer ovulara mientras los miembros de la pareja estaban cada uno en una punta del país, uno trabajando en el norte y el otro estudiando en el sur, o uno en el mar y el otro en tierra firme.

Me acuerdo de una mujer que tenía clarísimo que quería ser madre y, para conseguirlo, había buscado a un hombre dispuesto a permitirle ser la madre de su hijo. Se apretó la máscara de gas de la risa contra el rostro y, al retirársela, farfulló:

—Me costó más de lo que pensaba. Al final me donó el esperma uno de mis compañeros, otro de los profesores de química. Lo habíamos hablado, vino a verme una noche y le hice un café. Luego se fue al baño y, cuando volvió, me entregó su semen en un frasco. Aquí tienes, me dijo.

Ellas me cuentan sus historias y yo asiento.

El gas de la risa puede causar amnesia y, cuando le di el alta, la mujer me preguntó: Oye, ¿te mencioné a Héðinn?

¿Es cosa mía en qué circunstancias se conciben los niños?

La respuesta a esa pregunta es no. Yo entro en escena después de la fecundación.

Sin embargo, eso no quita para que un simple cálculo me permita saber que los niños nacidos en la época de mayor oscuridad fueron concebidos en el equinoccio de primavera, cuando el día y la noche duran lo mismo, mientras que los concebidos en Navidad y Año Nuevo nacen cuando las sombras empiezan a alargarse, a principios de octubre.

Nacido/a para...

Antes de que emprendiera mi andadura en la maternidad, a las parturientas se les ponían cantos de ballenas para ayudarlas a controlar la respiración y a estar relajadas entre contracciones. Primero se usaban casetes, y las comadronas se encargaban de sacar las cintas de las cajas e introducirlas en los reproductores. Después vinieron los CD y, cuando me gradué, la maternidad todavía disponía de una amplia colección que ahora coge polvo en el almacén del hospital. Hoy las mujeres elaboran sus propias listas de reproducción antes de venir y las escuchan en sus móviles con los auriculares. Hace no mucho asistí el parto de una maravillosa niña de tres kilos y medio al son de *Born to Die*, de Lana Del Rey.

Me he dado cuenta de que los cantautores islandeses no parecen interesarse tanto como los compositores de otras naciones, en especial los anglosajones, en el hecho de que el hombre pueda estar destinado a algo al nacer, de que su nacimiento tenga un propósito, de que haya venido al mundo para vivir, huir, amar, perder a un ser querido, luchar y, cómo no, para morir. Después de trabajar tres noches seguidas, suelo pasar la siguiente en vela. Cuando ocurre, a veces me siento frente al escritorio y enciendo el ordenador. Una vez hice una lista de canciones, la imprimí y la colgué en la nevera.

Born to Die, de Lana Del Rey.
Born in a Burial Gown, de Cradle of Filth.
Dyin' Since the Day I Was Born, de Leslie West.
A Star Is Born, de Jay Z.
Born for Greatness, de Papa Roach.
Born Free, de Matt Monro.
Born Free, de M. I. A.
Born Free, de Kid Rock.
Born This Way, de Lady Gaga.
Born This Way, de Thousand Foot Krutch.
Who I Was Born to Be, de Susan Boyle.
I Was Born to Love You, de Queen.
Born to Love You, de Lanco.
Born to Be Wild, de Steppenwolf.
Born to Be Wild, de Sean Kingston.
Battle Born, de The Killers.
Born to Run, de Bruce Springsteen.
Born to Live, de Marianne Faithfull.
Born to Be Alive, de Patrick Hernandez.
Born to Lose, de The Devil Wears Prada.
Born to Lose, de Sleigh Bells.
Born Slippy, de Underworld.
Born Slippy, de Albert Hammond Jr.
Born Again, de Newsboys.
Get Born Again, de Alice in Chains.
With You I'm Born Again, de Billy Preston.
Born Alone, de Wilco.
Born to Be a Dancer, de Kaiser Chiefs.
Born and Raised, de John Mayer.
Born as Ghosts, de Rage Against the Machine.
Born Cross-Eyed, de Grateful Dead.
Born for This, de Paramore.
Born in a Casket, de Cannibal Corpse.
Born in a UFO, de David Bowie.
Born in Chains, de Leonard Cohen.

Born in Dissonance, de Meshuggah.

Born in the Echoes, de The Chemical Brothers.

Born of a Broken Man, de Rage Against the Machine.

Born on the Bayou, de Creedence Clearwater Revival.

Born Sinner, de J. Cole.

Born to Be My Baby, de Bon Jovi.

Born to Be Strangers, de Richard Ashcroft.

Born to Be Wasted, de 009 Sound System.

Born to Be Your Woman, de Joey + Rory.

Born to Cry, de Pulp.

Born to Quit, de The Used.

Born to Sing, de Van Morrison.

Born in the U.S.A., de Bruce Springsteen.

Born in East L.A., de Cheech & Chong.

Born to the Breed, de Judy Collins.

Born to Try, de Delta Goodrem.

Born Too Late, de The Poni-Tails.

Born Too Slow, de The Crystal Method.

Born Under a Bad Sign, de Albert King.

Fez – Being Born, de U2.

Just Born Bad, de Rich Hillen Jr.

Natural Born Bugie, de Humble Pie.

The Girl Who Was Born Without a Face, de The Schoolyard Heroes.

There Is a Sucker Born Ev'ry Minute, de Cast of Barnum.

We Weren't Born to Follow, de Bon Jovi.

De pronto, me viene a la cabeza un artículo que leí hace poco sobre una ballena que nadaba en aguas islandesas y que, al cantar con una frecuencia distinta a la del resto de su manada, había quedado aislada. Se titulaba: «La ballena solitaria». Mientras que el canto de sus compañeras se situaba entre 12 y 25 hercios, el suyo era de 52, por lo que las demás no podían escucharla.

El agua del mundo

Pero el canto no es el único elemento relacionado con las ballenas que se ha introducido en los paritorios. El interés por los alumbramientos de los cetáceos de pequeña talla, y en particular de los delfines de los zoológicos, ha hecho que ahora muchas mujeres quieran dar a luz bajo el agua. Por eso, el departamento invirtió en la compra de cinco bañeras de plástico. Antes, los partos acuáticos eran muy excepcionales y solo se practicaban en el domicilio de las parturientas. Las mujeres se compraban su propia bañera, la inflaban en el salón y la llenaban de agua. A las comadronas, sobre todo a las de anteriores generaciones, les costó mucho acostumbrarse a atender a las parturientas en el medio acuático y a ver asomar las cabezas de los bebés dentro del agua. Algunos partos pueden prolongarse considerablemente, y no todas coincidían en que el nuevo método fuera bueno para lo que mi tía abuela llamaba nuestras herramientas de trabajo, es decir, nuestras manos.

—Todos vendemos nuestro cuerpo, pequeña Dýja —me decía—. Quien no vende su cerebro, vende otra parte de su anatomía.

Los partos acuáticos han sido objeto de largos debates en la sala de personal y hemos llegado a la conclusión, como bien señaló una de mis compañeras, de que no hay nada de antinatural en que un bebé abandone un medio acuoso para introducirse en otro. Primero crece y flota en el líquido amniótico y luego nace en el agua del mundo.

—¿No es agua la mayor parte del cuerpo humano? —preguntó una.

—El setenta por ciento —respondió otra.

Por alguna razón, me parece oír a mi tía abuela intervenir en aquella conversación haciendo uso del verbo *chapotear*. «Total, el hombre no hace más que chapotear por la vida, ¿no?». También nos habría preguntado: ¿Y en qué momento hay que sacar del agua a la madre y al hijo?

Cuando el interés por los partos acuáticos me llevó a leer sobre la gestación y el parto de los cetáceos, descubrí que tenemos muchos puntos en común con ellos. Los cetáceos son mamíferos placentarios, como nosotros, y también suelen dar a luz a una sola cría en cada parto, aunque, en ocasiones, pueden alumbrar dos. Sin embargo, en el caso de los cetáceos, a diferencia del ser humano, las hembras solo son fértiles una vez al año. Su periodo de gestación oscila entre diez y diecisiete meses y los ballenatos son, como en el caso de los bebés humanos, completamente dependientes de sus madres en lo que respecta a su nutrición y su protección durante el primer año de vida. Para amamantar a sus crías, las hembras tienen que ponerse de lado, y las de las especies más grandes llegan a ingerir hasta doscientos cincuenta litros de leche al día. También aprendí que nacen sacando primero la cola, por lo que necesitan ayuda para poder alcanzar la superficie cuanto antes y tomar aire por primera vez. De lo contrario, se ahogarían. Lo cual implica que una segunda ballena debe acudir en ayuda de la que está dando a luz. Los cetáceos, por tanto, recurren también a una *comadrona*, igual que los humanos. También me sorprendió descubrir que la aleta caudal de los cetáceos es única en cada individuo, así que sería como una especie de huella dactilar. Y tampoco me había fijado en que es horizontal y no vertical, como la de los peces. Cuando se lo comenté a mi hermana, me dijo:

—Cada vez te pareces más a tía Fífa.

Mi madre opina lo mismo: *Haces honor a su nombre.*

Cada dos por tres me dice sin venir a cuento: *Te llamas así por ella.*

Hace poco preparé una pavlova siguiendo la receta escrita a mano de mi tía abuela y me lo volvió a recordar: *Te pusimos su nombre.*

Comer, beber, dormir, amar, relacionarse, compartir, descubrir y sacrificarse por los demás

Nuestros padres dirigían, y todavía dirigen, una pequeña funeraria junto con mi cuñado, el marido de mi hermana. La empresa va bien, *florece*, en palabras de mi madre, ya que *todo el mundo muere, más tarde o más temprano*. La fundó mi abuelo paterno, que construía los ataúdes con sus propias manos, unos féretros macizos de buena madera fabricados con esmero. Pero eso ya es cosa del pasado, porque ahora, para lamento de mi padre, los ataúdes son *desechables e importados*. Por tanto, como bien señala mi madre, en mi familia existe una larga tradición de cuidar al ser humano, tanto en la casilla de salida como en la llegada a meta. La rama materna lo atiende cuando viene al mundo, y la paterna, cuando le dice adiós. La familia de mi madre se ocupa de él cuando se enciende la luz, y la de mi padre, cuando se apaga. Mamá es la excepción dentro de su bando y, en los momentos más difíciles, confiesa que a menudo se arrepiente de no haberse hecho comadrona, como las demás mujeres de su familia. Mi hermana y yo hemos crecido viendo a nuestra madre repasar pedidos de cosmética funeraria en la mesa del comedor y oyéndola ensayar discursos funerarios inclinada sobre las ollas. Empanaba el eglefino pronunciando en voz alta: *La vida es una cerilla que no arde más que un instante fugaz*. O: *El hombre es una luciérnaga*. En el caso de los entierros más duros, es decir, cuando el fallecido era un niño o una persona que había muerto de forma repentina, se encerraba en su dormitorio, se metía en la cama y no salía bajo ningún concepto. Entonces papá tenía que ponerse el delantal y nos hacía perritos calientes, de modo que, si al volver a casa después de clase, nuestra casa de la calle Bólstaðarhlíð olía a salchichas cocidas, sabíamos que había muerto un niño. Un día escuchamos a papá hablar con mamá en voz baja en el dormitorio. Le había llevado la comida y le decía: *Si quieres, podemos vender la empresa*. Una vez pasó tres días encerrada en su habitación y, cuando por fin abrió la puerta, salió de buen humor y nos dio un largo abrazo mientras nos decía que estar vivo no consistía simplemente en que a uno le latiera el corazón. Nos dijo: Quiero sentirme viva. Comer, beber, dormir, amar, relacionarme, compartir, descubrir y sacrificarme por los demás.

Recuerdo que todavía era una cría cuando cogí yo sola el autobús por primera vez en dirección a la avenida Hringbraut. En la calle Ljósvallagata disponía de mi propia habitación, un cuarto que mi tía abuela llamaba el cuarto de los niños a pesar de que nunca tuvo hijos. En su casa comía pastel cada día y recibía atención continuada, no como en Bólstaðarhlíð, donde compartía habitación con mi hermana y dormía en la litera de arriba.

—Las tocayas —repetía una y otra vez.

A menudo, las tocayas nos sentábamos una frente a la otra en la mesa del comedor y jugábamos a las cartas. Los armarios de la cocina estaban llenos de latas de conserva, custodiaban lo que ella llamaba su colección de latas. Me pedía que eligiera una, yo se la indicaba y entonces ella abría unas albóndigas de pescado Ora que luego cocinaba con salsa rosa. Después le señalaba otra y ella abría una lata de peras en almíbar que sacaba con la punta de un cuchillo y luego las servía con nata montada.

Cuando pienso en aquella época, tengo la impresión de que, en realidad, iba a su casa para huir de la atmósfera de muertes ineludibles e inminentes que flotaba en la de mis padres: ¿y si el próximo niño en morir fuera mi hermana? ¿O yo misma? ¿Cuántos días y cuántas noches pasaría entonces mi madre en su dormitorio, llorando bajo las sábanas?

En los tiempos del instituto, mi hermana y yo trabajábamos cada verano en el negocio familiar. A mí me tocaba lavar el coche fúnebre, sacarle brillo y, una vez que obtuve el carné de conducir, ponerle gasolina. Un día me olvidé de llenar el tanque y el cortejo fúnebre tuvo que parar en una gasolinera de camino al cementerio. A veces iba también a buscar los cuerpos en la camioneta negra y esperaba al volante con el motor encendido. Recuerdo que, en otra ocasión, tuve que reemplazar a mi madre y porté un ataúd vestida con su traje negro, que me venía tres tallas más grande y me colgaba por todos lados. Cuando celebré que había terminado el bachillerato, mamá pronunció un discurso y dijo: Todos caemos en el olvido. Al cabo de tres generaciones, ya nadie se acuerda de nosotros. Llega un momento en que solo nos recuerda una persona. Puede que a alguien le suene nuestro nombre. Pero, al final, el mundo acaba ignorando que una vez estuvimos vivos.

El viaje de la oscuridad a la luz está a punto de comenzar

Una vez terminado mi turno, me guardo en el bolso la caja de bombones que me ha regalado la pareja de ingenieros. La tapa está decorada con la imagen de una montaña puntiaguda sobre la que ondula una aurora boreal. En realidad, el cielo entero es una explosión de verdes, rosas y violetas. Cuando ficho al salir, me encuentro con Vaka, la comadrona más joven, que está entrando al turno de tarde. La conocí cuando hizo las prácticas en la maternidad porque yo era su tutora y, desde que se graduó, ha venido varias veces a Ljósvallagata para pedirme consejo y desahogarse. A veces las estudiantes se echan a llorar durante los partos, aun si no presentan complicaciones. Lloran con la madre y lloran con el padre, y en ocasiones hay que consolarlas.

Las parturientas gimen: No voy a poder. Y lo mismo temen las estudiantes:

—No voy a poder.

Pero yo les digo:

—Claro que vas a poder.

O bien me preguntan: ¿Qué pasa si el bebé nace justo cuando el cónyuge se ha ido a comer? ¿Es responsabilidad mía? ¿Y si la pareja se queda dormida durante el parto? ¿Tengo que despertarla? A menudo, a las comadronas recién tituladas les aterra quedarse a solas con una parturienta por primera vez. Les da miedo tener algún despiste.

Vaka forma parte del equipo de rescate del servicio de prevención de accidentes de Protección Civil y a veces nos cambiamos el turno cuando recibe alguna llamada de emergencia. En la mayoría de los casos tiene que rescatar a turistas que se han extraviado o que se han quedado atascados en el coche o no han entendido las indescifrables señales de tráfico escritas en islandés. Otras veces se han salido de la carretera porque querían hacer una foto o bien no saben dónde están porque no esperaban que las condiciones meteorológicas y la dirección del viento pudieran cambiar tan rápido, que por la mañana hubiera hecho un día radiante y al mediodía se hubiera desatado una tormenta descomunal en un abrir y cerrar de ojos. A veces también ocurre que la oscuridad los pilla por sorpresa. Este otoño, el equipo de rescate no ha recibido muchos avisos relacionados con turistas, pero sí han tenido que ayudar a algunas ballenas varadas a regresar al mar. Últimamente se habla mucho en las noticias del inusual número de cetáceos que embarrancan o aparecen muertos en nuestras costas. Este verano llamaron al equipo en más de una ocasión para rescatar unos calderones negros que se quedaban constantemente atascados en tierra. Nadie ha sabido explicar todavía el porqué de su comportamiento, pero Vaka me contó que tenían que rociarles el cuerpo con agua mientras trabajaban a contrarreloj para darles la vuelta y llevarlos de nuevo al océano. Sin embargo, al día siguiente, los calderones repetían su maniobra y nadaban otra vez hasta la costa.

—El problema era —me explicó— que no querían regresar al mar.

Según un artículo que leí hace poco, existen numerosos indicios de que se están produciendo cambios en el comportamiento de los cetáceos que habitan nuestras aguas. Antes, cuando llegaba el invierno, migraban hacia el sur y recorrían medio planeta, pero lo han dejado de hacer. Lo cual explicaría el inusitado número de ballenas varadas. El artículo explicaba que las primeras en dejar de migrar habían sido las hembras que acababan de dar a luz. Preferían quedarse aquí con sus crías. Sin embargo, desde hace poco se ha escuchado también el canto de apareamiento de los machos, un canto que solo entonan durante la época de reproducción, cuando son fértiles y tratan de buscar pareja.

Vaka suele aprovechar las noches despejadas para aumentar sus ingresos guiando circuitos turísticos para ver la aurora boreal. Si no hay mucho que hacer en la maternidad, pasa el tiempo buscando fotos de perros rastreadores en internet. También ha hecho una recopilación de los tatuajes más curiosos que ha visto en las personas que han pasado por el departamento, cosas como una coliflor, el código de barras de unos plátanos, la basílica de San Pedro de Roma o la típica granja islandesa de turba.

Este fin de semana no trabajo, pero tendré guardia en Navidad, como en los años anteriores. La idea es que las compañeras que tienen hijos puedan coger vacaciones, aunque admito que, en realidad, soy yo quien se presta voluntaria. Los turnos extras me permiten amortizar la hipoteca y, además, ahora quieren reparar el tejado del inmueble y cambiar la moqueta de la escalera, por lo que se me viene encima una importante derrama.

Me pongo el gorro y me subo la cremallera del anorak. Esta mañana ha caído una granizada que ha bombardeado los coches como si fuera una tromba de guisantes congelados. Ahora me está cayendo un chaparrón de aguanieve y no sé ni de dónde sopla el viento. Mientras me pongo las manoplas, veo que un coche se detiene frente a la entrada de la maternidad. El conductor sale a toda prisa y da la vuelta por delante del vehículo para abrirle la puerta a su mujer. Nervioso, la ayuda a bajar mientras ella pone cara de dolor. Distingo un brillo distante en su mirada, conozco esa expresión: el viaje de la oscuridad a la luz está a punto de comenzar. El hombre la coge del brazo y recorren a paso lento los pocos metros que los separan del vestíbulo. Con suerte, el bebé estará fuera tras unas pocas horas de sufrimiento.

El hombre la suelta y vuelve al coche para cerrar la puerta y aparcar. Mientras tanto, la mujer espera sola en el vestíbulo.

Le sonrío.

—He roto aguas —me dice.

Apoyada contra la pared, junto al ascensor, agacha la cabeza y mira la moqueta. Creo que está a punto de dar a luz.

Me detengo a su lado y le digo:

—Intenta respirar.

—Mi madre tuvo ayer una pesadilla —me responde.

Tras pagar en el parquímetro, el hombre entra en el vestíbulo con el bolso de la mujer y un asiento de coche para bebés. Percibo una expresión confusa en su rostro.

—No sabía cuántas horas tenía que pagar —confiesa—. Espero que seis sean suficientes.

El cielo ha bajado a la tierra y corre por las venas de mi hermana

Oigo que me suena el móvil en el bolsillo del anorak y tengo que quitarme una manopla para poder contestar. Es mi hermana, la meteoróloga.

Como siempre, empieza preguntándome qué estoy haciendo.

—Acabo de salir del trabajo y voy para casa.

Una vez que ya sabe lo que hago, suele preguntarme dónde estoy.

También tiene la costumbre de colgar sin preámbulos y volverme a llamar al cabo de diez minutos para añadir algo que se le había olvidado y colgar otra vez. Sus llamadas pueden durar entre medio minuto y media hora, en cuyo caso suelo poner el altavoz. Un día me preguntó si me estaba dando un baño.

Me pregunta dónde estoy.

—Estoy bajando por la calle Barónsstígur.

Podría especificarle que estoy pasando por delante del departamento de patología, donde se practican las autopsias de los fetos y los bebés mortinatos. Según el actual protocolo, se considera bebé mortinato a un niño que nace tras al menos veintidós semanas de gestación, pesa un mínimo de quinientos gramos y no presenta signos vitales. Cualquier otro caso se registra como aborto natural.

—¿Qué tal te ha ido el turno?

—Ha habido siete partos.

Me pregunta por los sexos.

—Cuatro niños y tres niñas.

Añado que dos eran gemelos.

Mi hermana es experta en el comportamiento de las masas de aire en la atmósfera y lleva semanas advirtiéndome de cada borrasca que se acerca al país. Me dice cosas como: Se aproxima un nuevo centro de bajas presiones que va a causar estragos. O cosas del tipo: Está a punto de llegar una depresión de grandes dimensiones, más profunda que la de la semana pasada. O bien: Jamás hemos visto un tren de borrascas tan activo en diciembre. *Inusitadas*, *anómalas* e *impredecibles* son los calificativos que emplea para describir las inéditas condiciones meteorológicas que estamos viviendo. Hace poco se ha sumado a la lista la expresión *sin precedentes*. Ahora le trae de cabeza la borrasca que llegará la próxima semana. En Nochebuena. Si no estalla durante la cena, lo hará más tarde esa misma noche.

—Es el peor pronóstico de los últimos setenta años.

Solo nos llevamos un año de diferencia y a veces nos confunden. La gente me dice que me ha visto dando el parte del tiempo en la televisión y me pregunta si el tono marrón de las nubes se debe a la ceniza volcánica que se levanta de las grandes llanuras del este, a la contaminación de la avenida Miklabraut o a los incendios forestales que asolan el extranjero. Me parece estar oyendo la voz de mi tía abuela: *Todos vivimos bajo el mismo cielo, pequeña Dýja.*

Un día me preguntaron en la fila del banco si el invierno no iba a terminar nunca, si ya no quedaba ninguna esperanza de que fuera a llegar la primavera. Yo me limité a decir: Me confundes con mi hermana, la meteoróloga. Por contra, a mi hermana se le acercó una vez una mujer en el supermercado y le dio las gracias por haberla ayudado a dar a luz a su bebé de casi cuatro kilos en agosto. Ella le respondió: Me confundes con mi hermana. Y luego me comentó: Se ve que me parezco más a ti que a mí misma. Y a ti te pasa lo mismo conmigo.

Me ajusto bien la bufanda y doblo la esquina de Sóleyjargata. Si no sopla mucho viento, sigo por Skothúsvegur y cruzo el estanque por el puente. De lo contrario, me meto por el parque del quiosco de la música y busco refugio entre los árboles que bordean los caminos de grava. Si el estanque está congelado, a veces me da por cruzarlo deslizándome por el hielo.

El viento impide la comunicación y le digo a mi hermana que no la oigo bien. Me responde que va a colgar y que me llama luego.

El último tramo de mi trayecto atraviesa el cementerio viejo y pasa por delante de la parcela familiar. En ella descansan dos comadronas, mi bisabuela y mi tía abuela, junto a mi abuela, mi abuelo y un bebé mortinato que fue enterrado hace dieciséis años. Ahora a los bebés que nacen muertos también se les pone nombre, e incluso a los fetos. He descubierto que en el cementerio hay otras cuatro comadronas enterradas y también he visto un buen número de tumbas de niños. Muchos de ellos nacieron y murieron el mismo día. A partir de las inscripciones de las lápidas puede deducirse qué mujeres murieron durante el parto, ya que, en esos casos, su fecha de defunción coincide con la de sus hijos. Lo único que alumbra el recinto son unas cruces luminosas a pilas que la gente ha puesto por Navidad. Todavía paseo entre tumbas cuando recibo la segunda llamada de mi hermana. En las ventanas de las casas vecinas brillan guirnaldas de luces.

Me pregunta dónde estoy ahora.

Le digo que estoy en el cementerio. En concreto, junto al serbal que plantó nuestra tía abuela.

—¿Quieres que te entierren en la parcela familiar?

Le digo que aún no lo he decidido.

Me pregunta si todavía está puesta la tienda.

La semana pasada vi que alguien había puesto una tienda de campaña de color beis al lado de una tumba, en una esquina del cementerio. Al ver que llevaba allí varios días, pensé que sería de algún turista extranjero, pero, al examinarla de cerca, comprobé que se trataba de una tienda de trabajo sin suelo, como las que usaban antes los obreros de las carreteras. Más tarde me enteré —cuando salió en las noticias— de que estaban tomando muestras de un esqueleto para realizar una prueba de paternidad.

Rara vez surgen problemas de ese tipo nada más nacer un niño, pero sí recuerdo a un par de mujeres que recibieron la visita de distintos hombres que solicitaban ver al bebé.

Le informo de que ya han quitado la tienda.

Ahora me pregunta si todavía aguanta la hoja.

Me había llamado la atención que todavía quedara una hoja seca en una rama del serbal a mediados de diciembre y se lo había mencionado a mi hermana. Me fijaba cada vez que iba a trabajar y la veía siempre ahí, colgada de un simple hilo, día tras día, mecida por el viento. A mi hermana le parecía extraordinario que una hoja tan desprotegida pudiera resistir el azote de las borrascas y me pidió que le hiciera una foto con el móvil y se la enviara. Le digo que ya no está. Tiene que haber salido volando esta misma noche.

Flora Islandica

Introduzco la llave en la cerradura y abro la puerta. Busco a tientas el interruptor que está junto al perchero y enciendo la lámpara con flecos que heredé de mi tía abuela. La luz parpadea y oigo un zumbido parecido al de una mosca cuando choca contra una bombilla incandescente y se le queman las alas transparentes. La lámpara se apaga. Llevo ya un tiempo con problemas eléctricos, me fallan tanto los enchufes como las bombillas y esta es la segunda que se funde en lo que va de semana. Me bajo la cremallera del anorak, lo cuelgo y deslizo la mano por el empapelado naranja de vinilo gofrado que recubre la pared del salón en busca de otro interruptor.

El mobiliario venía con la mitad del apartamento que heredé de tía Fífa. En realidad, se podría decir que heredé por partida doble, porque, cuando murió mi abuela, guardaron buena parte de sus cosas en el trastero de Ljósvallagata. Para mi madre fue un alivio no tener que revisar dos patrimonios. Lo cual explica también la disparidad de mi mobiliario o el hecho de tener dos juegos de sofás, uno burdeos de terciopelo y otro tapizado en lana gris jaspeada.

—Parece un banco de niebla —dice mi hermana cada vez que lo ve. Sabe que llevo tiempo queriendo despejar un poco el apartamento y de vez en cuando se ofrece a ayudarme a hacer una criba.

—Esto parece una tienda de la Cruz Roja. O el almacén de un anticuario —opina, y añade que mi cuñado podría echarme una mano con el transporte. Antes de mudarme a Ljósvallagata, estuve una temporada viviendo de alquiler en distintas partes de la ciudad, y mi cuñado me ayudó una vez a trasladar una cama y unas cajas de libros en la radiante camioneta negra de la funeraria.

Duermo en la cama de teca de mi tía abuela, una cama de metro y medio de ancho que parece un pequeño lecho conyugal. En el dormitorio todavía está el escritorio donde tía Fífa pasaba horas y horas revisando toda clase de papeles después de su jubilación. También hay dos mesillas de noche y una cómoda, las tres de teca. En un rincón, al lado de la tabla de planchar, guardo el viejo ordenador que le animé a comprarse y que traté de enseñarle a usar. Recuerda a un pequeño televisor de tubo. El salón está amueblado con una estantería de teca, un aparador donde descansa una televisión antediluviana y una mesa de comedor que también es de teca.

—Teca y felpa, felpa y teca —dice mi hermana.

El suelo está cubierto por una alfombra decorada con motivos de rosas doradas y, encima de la televisión, flanqueada por dos perritos de porcelana, está la fotografía que me hice con tía Fífa el día de mi graduación. En la imagen salgo agarrando a mi tía abuela de la cintura mientras ella me rodea los hombros con el brazo y sonríe de oreja a oreja. Con motivo de la ocasión, se había puesto su vestido negro con viso plateado, un collar de perlas blancas y unos pendientes. Yo llevaba un traje pantalón azul.

Las ventanas del salón y de la cocina dan al cementerio, mientras que, desde el dormitorio, se ve el jardín trasero, donde hay un viejo arce de dos troncos y una zona cementada donde están los contenedores de basura.

En el cajón inferior de la cómoda todavía guardo los útiles de costura de mi tía abuela: una cajita de agujas, tres alfileteros y otra cajita metálica llena de botones que en su día contuvo bombones suizos. La tapa está decorada con la imagen de una imponente montaña poblada de abetos. El paisaje está cubierto por un inmaculado manto de nieve que brilla bajo la luna llena. En otro cajón están sus joyas, y, en el mueble del baño, su pintalabios, su colorete y su frasco de perfume. En una mitad del armario ropero cuelgan mis prendas, y, en la otra, sus vestidos de gala. Todavía uso sus paños de cocina y su hervidor de agua y tampoco he quitado las cortinas, confeccionadas por ella misma en los años setenta. La nevera tiene cuarenta años, pero no gotea. Cuando me mudé, quedaba medio paquete de galletas de crema en la alacena de la cocina, junto con una bolsa de dátiles, un sobre de sopa de coliflor y cinco latas de peras y melocotones en conserva de la marca Del Monte.

El apartamento hace gala de sus excelentes labores de costura. Hay cojines bordados por todas partes —mi hermana contó diecisiete—, así como un buen número de tapetes y adornos de pared. En los cojines se aprecian algunas perlas naturales de nuestro país, como las cascadas Gullfoss y Dettifoss, la falla Almannagjá, el géiser y el volcán Keilir. También se ven algunos ejemplos de la flora local, inspirados en el manual *Flora Islandica*, como el geranio de bosque, el diente de león o la dríada de ocho pétalos. Sin embargo, lo que verdaderamente fascina a quien pasa por Ljósvallagata es el enorme bordado que está colgado en una pared, encima del sofá, y que representa a la Virgen María dándole el pecho al niño Jesús. Envuelta en un manto rojo con entretela azul, María mira a su hijo, sentado en su regazo sobre un cojín de terciopelo verde botella. Salvo por un paño que le cubre los muslos, el niño está desnudo, y levanta la cabeza hacia el seno de su madre con el dedo pulgar metido en la boca. La forma en que la Madre de Dios sostiene su pecho y lo dirige hacia el niño acapara toda la atención. A juzgar por la postura del bebé, calculo que tiene cinco meses. Me he fijado en que ciertos elementos están elaborados con mayor grado de detalle, sobre todo el seno; mientras que algunas figuras parecen estar hechas de cualquier manera, bordadas con hilo grueso y con pocos colores, como los dos ángeles sin piernas de las esquinas superiores. En el pecho empleó varios tipos de aguja y una amplia gama de colores. En comparación con lo planas que parecen otras zonas de la obra, el pecho parece sobresalir, como si fuera tridimensional, aunque yo no llegaría a decir que tiene aspecto carnoso, como sí opina mi hermana. No cabe duda de que donde más se aplicó tía Fífa fue en el pezón, para el cual empleó toda una gradación de tonos rosas y superpuso un sinfín de capas de hilo para darle relieve. Parece un timbre luminoso que brilla en la oscuridad.

O, como dice mi hermana: Ese pecho domina el salón.

A excepción del bordado y del empapelado de vinilo naranja que recubre una de las paredes, en el apartamento impera el color marrón, tanto en los muebles como en los accesorios y las cortinas: marrón claro, marrón oscuro, ámbar, ocre. La verdad es que apenas he cambiado nada desde que falleció mi tía abuela hace cuatro años. Para ser honesta, no he cambiado nada en absoluto.

A primera vista, el dormitorio parece más una oficina, un despacho en el que mi tía abuela todavía tiene sus papeles distribuidos por todos lados. Pero eso no me impide alojar a ocasionales invitados nocturnos, si bien es cierto que no vienen precisamente a contemplar mi mobiliario.

Dos corazones

Ayer saqué dos corazones de cordero del congelador, los puse en un plato y los guardé en la nevera. No suelo comer mucha carne, pero los corazones son un plato barato que tía Fífa nos preparaba a menudo. Cuando abro el congelador para sacarlos, la luz del frigorífico forma un triángulo en el suelo de la cocina.

Mientras los enjuago con agua fría en el fregadero, oigo que se cierra la puerta de la calle. Se escuchan unos ruidos en el portal y alguien sube por la escalera del inmueble hasta detenerse en mi rellano. Un instante después, quienquiera que sea agarra el pomo de mi puerta y trata de insertar una llave en la cerradura. Cierro el grifo, me seco las manos y, mientras me acerco a la entrada por el pasillo, llaman con los nudillos.

En el rellano aparece un hombre de aspecto pálido y cansado con una bufanda anudada al cuello y una maleta a su lado. Todavía tiene la llave en la mano cuando me da los buenos días y se disculpa por las molestias. Me dice en inglés que está buscando un apartamento que tiene reservado para estos días de vacaciones.

A veces, el chico del ático alquila su piso a turistas, pero últimamente casi no lo ha hecho. Toca el bajo en un grupo y mi vecina y yo hemos acordado con él que no ponga el amplificador cuando ensaye. Cuando me crucé con él hace unos días, me contó que iba a pasar las Navidades con su madre, en Hellissandur, pero no mencionó que hubiera alquilado su casa.

Le explico al desconocido que se ha equivocado de piso.

Veo que el hombre examina el timbre. Todavía no he quitado el nombre de mi tía abuela. Preferí dejarlo y añadir el mío debajo.

—Este es el segundo —le aclaro—. El apartamento que buscas está en el ático.

Me da las gracias y se disculpa de nuevo diciendo que lleva treinta y tres horas de viaje y que no ha dormido. Y añade:

—Vivo en la otra punta del planeta. En las antípodas.

Echa una ojeada por encima de mi hombro y su mirada se pierde en la oscuridad.

—Se me acaba de fundir una bombilla —le explico.

Cierro la puerta y vuelvo a la cocina para quitarles los tendones y la grasa a los corazones. Luego los corto en rodajas y los rebozo en harina. Nada más ponerlos en la sartén, oigo que me suena el móvil. Sigue en la entrada, en el bolsillo del anorak.

Es mi hermana. Activo el altavoz y dejo el teléfono en la encimera mientras frío los corazones. Me pregunta qué estoy haciendo y le digo que estoy cocinando.

Me pregunta si tengo puesto el altavoz.

Le digo que sí.

Luego quiere saber qué me estoy preparando de cena.

—Corazones.

—¿Y cómo te los vas a hacer?

—Rehogados con cebolla.

—¿Usas aceite o mantequilla?

—Aceite.

—¿Los rebozas en harina?

—Sí. Con sal y pimienta.

Tanto la sartén como el bote de la harina, esmaltado y decorado con dibujos de gatitos, son de mi tía abuela.

Le explico que, una vez fritos, les agregaré agua y los dejaré hervir un cuarto de hora con la tapa puesta.

—¿Y con qué los vas a acompañar?

—Con patatas cocidas.

Cuando le digo que solo puedo usar dos placas, me pregunta si aún tengo problemas con la electricidad.

—Sí, todavía salta la luz.

Y añado:

—Hace nada se ha fundido la bombilla del pasillo.

Mientras termino de pelar las patatas, le cuento a mi hermana que acaba de llamar a la puerta un turista extranjero que se ha confundido de piso.

Me pregunta de dónde era y le digo que no se lo he preguntado, pero que llevaba más de treinta horas de viaje.

—Me ha dicho que vivía en las antípodas.

A mi hermana le parece curioso y da por hecho que era australiano.

—¿Iba solo?

—Sí.

—¿Y le has preguntado qué planes tenía?

—No.

—¿Le has avisado del pronóstico del tiempo?

—No, no he caído.

Apago la placa y sirvo los corazones en un plato. Mientras friego la sartén, mi hermana se acuerda del motivo principal de su llamada: la cena de Nochebuena. Le recuerdo que tengo que trabajar, como ya le dije la última vez que hablamos del tema.

—Tengo guardia.

—¿En Nochebuena?

—Sí, en Nochebuena.

—Justo cuando llega la borrasca. Se va a desatar una tormenta monumental.

Aquí podría objetar que los niños nacen sin consultar el parte del tiempo. Que les da igual lo alto o lo bajo que esté el sol en el cielo.

—Entonces ¿no podrás cenar con nosotros?

—No.

Me recuerda que ya me perdí la celebración del año pasado. Y la del anterior.

—No me parece justo —replica— que, por el simple hecho de no tener hijos, te toque siempre trabajar en Navidades.

Se hace un breve silencio.

—Mamá se va a quedar desolada —concluye.

En la última reunión familiar, mi madre se pasó toda la noche hablando de la muerte mientras mi padre asentía. Y, cuando mi cuñado, que había seguido la conversación con entusiasmo, se metió después en la cocina para poner el lavavajillas, mis padres todavía estaban discutiendo sobre el precio y la calidad de los ataúdes y hablando de los nuevos encargos que tenían entre manos. Dos copas de oporto después, mi madre dijo:

—A más de uno le hubiera gustado añadir una o dos frases más en su vida.

—La gente no se muere menos en Navidad que en otras épocas del año —reflexionó mi padre.

Mi hermana cambia de tema y me pregunta si ya sé lo que quiero de regalo de Navidad.

—No se me ocurre nada. Tengo de todo.

—Mamá tampoco sabe qué comprarte.

Cada vez que mi madre me llama por teléfono, le cuesta despedirse y colgar. Le ocurre lo mismo cuando nos vemos: me da un abrazo y es incapaz de soltarme. Sé muy bien lo que pasa por su cabeza: cada vez podría ser la última. Funerales aparte, a mamá siempre le costó planear las cosas con excesiva antelación. ¿Para qué?, era su muletilla. Hace poco no concebía que el dentista le hubiera dado cita para dentro de un año. ¿Y si...?, se preguntaba. Hasta ir al teatro le parece complicado, porque nunca se sabe, ¿y si al final no puede ir?; más de una vez había visto dos butacas vacías en las mejores filas de la platea. Y, como planear las vacaciones con demasiada antelación conlleva los mismos riesgos, decidió que no saldría más que a su jardín de Bólstaðarhlíð, con su cubo y sus guantes de goma.

Planear es morir, igual que también lo es alcanzar una meta. La vida no está en nuestras manos, mi madre siempre piensa que en cualquier momento la muerte la va a venir a buscar, que le va a llegar su hora. Debido a su trabajo, ha conocido a muchos que se despidieron de este mundo demasiado pronto; son gajes del oficio. Dice cosas como: Cada vez que porto un ataúd, me recuerdo que la fallecida no soy yo. Hoy no. No esta vez. Su mantra después de cada funeral es: Un día más que no me ha tocado a mí.

De hecho, tiene por costumbre hacerme visitas de improviso. Se mete directamente en la cocina y, antes de darme cuenta, ya está fregándome la vajilla, aunque solo haya una taza y dos cucharillas. Cuando ha terminado, lo guarda todo en la alacena y limpia el fregadero. Entonces se pasa al salón y sacude los cojines. Después coge los libros de la mesita y los ordena en la estantería. Por último, introduce el dedo en la tierra de las plantas de la ventana para comprobar si hay que regarlas.

Tía Fífa me dejó en herencia todo un bosque de macetas.

Algunas las plantó ella misma y las cuidó durante toda su vida. Cuando me instalé en su casa, se concedió un tiempo para presentarme cada una de sus plantas y me dejó tocar las hojas para que pudiera sentir el tacto. También me mostró un manual de botánica para que las viera en su entorno natural, en lo que ella llamaba sus terruños, lugares lejanos *donde nunca sopla el viento*.

—A mí se me mueren todas las plantas —confiesa mi madre—. Hasta los helechos.

No me sorprendería ser la dueña de la begonia más longeva del hemisferio norte. La riego dos veces por semana. La maceta todavía conserva debajo la etiqueta del precio, donde también figura la fecha de compra. Fue adquirida hace cuarenta y ocho años. A diferencia del ser humano, pequeña Dýja, las plantas se orientan hacia la luz. Le encantaba hacer analogías entre hombres y plantas. Tanto como entre hombres y animales.

—Deja siempre la casa como a ti te gustaría que la encontraran el día que ya no estés —suele recordarme mi madre.

Gwynvere

Una tarde, un año después de la muerte de tía Fífa, me armé de valor y revisé uno por uno los abarrotados cajones de su escritorio. Uno de ellos estaba cerrado, pero no tardé mucho en encontrar la llave. De hecho, me sonaba haberle oído decir algo sobre una llave cuando fui a verla al hospital después de su infarto. Algo así como: *La llave del cajón de arriba está en el de abajo.* Al abrirlo, me encontré con un enorme fajo de sobres, una colección de cartas atadas con un hilo de lana rojo anudado en forma de cruz. En todas figuraba la misma remitente: Gwynvere, una comadrona de Gales que fue amiga por correspondencia de mi tía abuela durante décadas.

La colección también incluía una carta escrita por mi tía abuela. No cabe duda de que se la devolvieron, tal y como se deduce del sello que lleva estampado: YA NO RESIDE EN LA DIRECCIÓN INDICADA. Al parecer, tía Fífa guardaba los borradores de sus cartas en una carpeta. En ellos había tachado algunas palabras, incluso frases enteras, y había corregido los textos con ayuda de un diccionario islandés-inglés antes de pasarlo todo a limpio. El cajón también contenía un buen número de postales enviadas por Gwynvere (guardadas en una caja metálica de bombones suizos parecida a la de los botones, la de la montaña con abetos, con la diferencia de que, en lugar de estar todo cubierto de nieve, en esta es verano y las vacas pastan en lo alto de las laderas). (Más tarde descubrí que los bombones también se los había enviado su amiga). Las postales procedían de distintos lugares de las islas británicas y del continente europeo, aunque también había una enviada desde Estados Unidos. Todas giraban en torno a la misma temática: cuadros famosos de la Virgen María, o bien encinta, o bien con el niño Jesús. Cuando les eché un vistazo, hubo una que me llamó especialmente la atención. Me resultó familiar. En ella se veía a María dándole el pecho a su hijo y no tuve que exprimirme mucho el cerebro para darme cuenta de que era el modelo del que estaba sacado el enorme bordado del salón. Según se indicaba en el reverso de la postal, la obra era un óleo sobre madera de Jean Hey, el pintor flamenco del siglo XV.

Sin embargo, me he fijado en que tía Fífa hizo algunas modificaciones. Por ejemplo, suprimió dos de los cuatro ángeles del fondo y, salvo en el seno, simplificó la mayoría de los trazos para poder ajustarse a las exigencias del bordado. También que la Virgen del bordado no sostiene su pecho de la misma manera que la del cuadro. En la obra de mi tía abuela, María lo orienta hacia el niño y, además, el bebé entrelaza sus pequeños dedos con los de la madre. En el cojín de terciopelo donde está sentado Jesús, ella bordó una flor que no aparece en el original. Si no me equivoco, es una dríada de ocho pétalos.

A juzgar por el contenido de las cartas, está claro que las amigas intercambiaban sus opiniones sobre los cuadros. En una de ellas, Gwynvere se muestra de acuerdo con tía Fífa en que la luz no brilla sobre el niño, sino que emana de él. *Me pareció todavía más evidente cuando estuve delante de la obra origi-*

nal, escribe. Unas líneas más abajo, añade que *la madre primigenia de la luz* era sin duda una mujer muy joven, *una chiquilla de Palestina de catorce o quince años*. Lo cual le da pie para explayarse sobre la cuestión de las *madres jóvenes* y los niños nacidos *sin padre*. *He estado reflexionando*, escribe Gwynvere, *sobre aquello que me dijiste de que era habitual que los islandeses tuvieran hijos siendo todavía unos niños y de que existía la vieja creencia de que los niños nacidos de otros niños se convierten en adultos felices. Aquí no es así.*

Zoológicos

Mi tía abuela y Gwynvere intercambiaron cartas durante cuarenta años y, que yo sepa, solo se vieron una vez, en 1977, el año de mi nacimiento. Mamá me contó que no pudo acompañar a papá cuando llevó a tía Fífa al aeropuerto, y tampoco cuando la fue a buscar a su regreso, ya que en el coche de la funeraria solo cabía un pasajero, aparte del que iba tumbado en la parte trasera. Fue la única vez que mi tía abuela salió al extranjero y durante su estancia visitó un zoológico y un museo de arte. Sin embargo, me sorprende no encontrar nada en las cartas acerca de aquel viaje o del encuentro de las dos amigas.

Fue también en aquella época cuando tía Fífa comenzó su andadura como columnista. En la mayoría de sus artículos tocaba cuestiones relacionadas con la protección animal, o el *bienestar animal*, como ella decía, aunque también escribió un buen número sobre la manera en que el ser humano maltrataba el planeta. Recortó todos los artículos que le publicaron y los guardó en un cajón del escritorio, dentro de una gruesa carpeta que también contiene otros artículos mecanografiados que quedaron inéditos. Su primer artículo, «Sobre el verdadero hábitat de los animales y el trato indigno que reciben en los zoológicos», lo escribió poco después de su viaje y, el último, casi cuatro décadas más tarde, poco antes de su muerte, a los noventa y tres años.

Recuerdo vagamente haber visto en mi infancia algunos artículos de prensa ilustrados con una foto suya. En todos se mencionaba que la autora era comadrona y todos venían acompañados de la misma imagen: una joven ataviada con el típico uniforme de los años cuarenta, una blusa y una cofia blancas, que dirigía la mirada hacia la esquina superior derecha con gesto serio y reflexivo. Ya en su primera columna dejó claro que había que proteger a los animales del más peligroso de todos: el animal humano. *No es necesario encerrar en una jaula a un depredador (como, por ejemplo, una hiena) para que el hombre pueda contemplar su propio reflejo*, escribe entre otras cosas. Siendo que la palabra «animal» tenía para ella una connotación positiva, su mensaje no deja de ser algo contradictorio. En ese mismo artículo, tía Fífa dedica un buen número de líneas a criticar las *condiciones deplorables* en las que viven los osos polares de los zoos, donde *hace demasiado calor*. Me llama poderosamente la atención que en aquella época abordara una cuestión sobre la que más tarde correrían ríos de tinta: el deshielo de las mayores reservas de agua del planeta, es decir, los casquetes polares y los glaciares. *De continuar así* —escribe—, *los osos polares se extinguirán dentro de unas décadas*. Además, también cree que *el mundo podría quedarse sin agua*. No puedo evitar pensar que, aunque hace cuarenta y tres años los científicos ya advertían a la población de lo que se perfilaba en el horizonte, en aquellos tiempos no era habitual que la gente de a pie escribiera columnas periodísticas sobre los osos polares.

Revisando la carpeta de los recortes, puedo ver que mi tía abuela tocaba cuestiones muy dispares. En uno de sus artículos trataba el tema de las mascotas y sostenía que los animales tendrían que vivir en su entorno natural y no en las ciudades, *donde los atropellan*; en otro hablaba sobre la deforestación o, para ser exactos, sobre *esa obsesión del ser humano por talar y quemar los bosques para convertir las tierras en pastizales.*

Sus columnas se publicaron en periódicos de muy distintas tendencias políticas, como el *Morgunblaðið*, el *Tíminn*, el *Þjóðviljinn* y el *Bændablaðið*, aunque parece ser que los editores no siempre vieron con buenos ojos sus artículos, de ahí que algunos no pasaran de borradores. Por ejemplo, se ve que no le publicaron un artículo titulado «Mi begonia», donde señalaba que las plantas ornamentales *proceden de suelos fértiles meridionales y están habituadas a climas cálidos que les permiten crecer al aire libre. Este tipo de plantas aprovechan la ventaja de que podemos cambiarlas de ventana y llevárnoslas cuando nos mudamos.* El artículo termina de forma abrupta: *Pero las plantas solo dependen del hombre cuando están en una maceta. La cosa cambia cuando se hallan en plena naturaleza.*

Esperma

El borrador de un artículo escrito en 1978, titulado «Sobre el esperma», capta especialmente mi atención. El texto comienza con las siguientes palabras: *En calidad de comadrona, he reparado en las crecientes dificultades que tienen las parejas para concebir*. A continuación, expone sus sospechas de que el motivo radica en la introducción de sustancias tóxicas en el medioambiente y en la contaminación de los mares o de lo que ella llama el *océano común*. *He descubierto* —escribe— *que hay gente que va en barco por la noche con las luces apagadas para verter al océano residuos tóxicos peligrosos al abrigo de la oscuridad*. En su artículo también señala que, según *fuentes fiables*, los peces ingieren cada vez más plástico. *Y luego nosotros consumimos esos peces*. Me asombra que emplee un lenguaje cuyo uso no se generalizaría hasta mucho más tarde. También escribe que los espermatozoides se han vuelto *perezosos y no se esfuerzan en nadar hasta el óvulo*. Conforme aumenta el número de artículos, con el tiempo aparecen términos que ahora nos resultan más familiares, como la *acidificación* y la *muerte de los océanos*.

De entre las numerosas columnas que dedica a especies concretas, la mayoría se centran en las abejas, *los animales más importantes del planeta*. Se podría decir que tía Fífa hablaba sin miramientos. En 1982 escribió un artículo titulado: «La extinción de las abejas traerá consigo la extinción del hombre». Y treinta años después escribiría «Las abejas son más importantes que el ser humano». En el primero explica que hay que dar *a las abejas más cansadas dos cucharaditas de azúcar mezcladas con una de agua para que puedan regresar a su colmena*.

De hecho, los artículos parecen formar una especie de novela fasciculada. Por ejemplo, en 1977 publicó una lista de especies extintas: «Especies de animales y aves que existían en mi infancia pero ahora han desaparecido». Concluye su artículo con las siguientes líneas: *No hay día en que no perdamos algo*.

Y, al final, nos perderemos a nosotros mismos. Al parecer, cada cierto tiempo actualizaba su lista y la volvía a publicar. En 2015, un año antes de fallecer, publicó su última columna, «Un millón de especies animales y vegetales perdidas para siempre a causa de la codicia del hombre», en la que enumera una serie de animales, pájaros, peces y plantas que han desaparecido. El artículo incluye una fotografía de Solitario George, la tortuga gigante.

Según mi tía abuela, la realidad se explica sola. *En lugar de mostrar humildad hacia el reino animal y el reino vegetal, el hombre lo quiere todo para él. Quiere adueñarse de los peces del mar, los ríos, las cascadas, las islas y, si por él fuera, hasta de las puestas de sol. Pero esa avaricia no es sino una estrategia para intentar olvidarse de que es mortal. Y, cuando por fin entiende lo que de verdad importa, su salud está deteriorada y le queda poco tiempo.*

Hace poco hablé con un periodista que trabajó para uno de los periódicos donde mi tía abuela publicó algunas de sus columnas. Se acordaba muy bien de ella y me contó que, al final de sus días, les enviaba artículos que ya le habían publicado unas décadas antes. O, en todo caso, unos muy parecidos, puntualizó.

—Digamos que, así como era una mujer adelantada a su tiempo, también iba con algo de retraso —añadió.

El periodista recordaba un artículo publicado veinticinco años atrás, «La tierra se calienta», en el que decía que, dentro de poco, hará tanto calor que el hombre tendrá la impresión de estar metido en una lata de conservas calentada al rojo vivo, lo que conllevará la *migración masiva de personas.* Al periodista se le había quedado grabada en la memoria la idea de la *lata de conservas calentada al rojo vivo.* Otros de sus artículos no llegaron a ver la luz por considerarse demasiado específicos, como el titulado «De sobra», donde explicaba que uno de los mayores lagos del mundo, el mar de Aral, corría el riesgo de desaparecer porque el agua de los ríos que lo alimentaban se explotaba para regar el *algodón con el que se fabricaban prendas de vestir destinadas a personas que ya tenían ropa de sobra*. El borrador que encontré en la carpeta comienza describiendo hermosas estampas cotidianas de los pueblos que antes vivían a orillas del lago. La pesca era abundante y la gente disfrutaba de bellos atardeceres. Pero, después, el texto adopta un aire profético y anuncia que dentro de nada *se desatarán tormentas de arena donde antes había agua y veremos camellos en lugar de caballos*.

Un día, tía Fífa me confesó que, durante un tiempo, en concreto después de haber visitado el zoológico y el museo donde estaba la obra de Jean Hey, intentó *dejar de comer animales*. Lo cual en Islandia era misión imposible dada la limitada oferta de verduras que había en aquellos tiempos. De septiembre a junio no había más que patatas, que germinaban a lo largo de todo el invierno. Los tomates y los pepinos de los invernaderos de Hveragerði no llegaban hasta finales de junio y había que esperar a que terminara el verano para poder comprar zanahorias y nabos. Y alguna que otra coliflor, a menos que tuvieras la suerte de no vivir en un bloque de pisos y dispusieras de un pequeño huerto en tu jardín. Tía Fífa se contentaba con cultivar berros en la ventana de la cocina. Lo cual me trae a la cabeza una frase que solía decir a menudo, sin venir a cuento de nada: *Y pensar que un tomate tiene casi tantos genes como un ser humano*.

Uttarakhand

Me siento con mis corazones en el sofá de terciopelo y pongo el telediario. La primera noticia informa sobre distintos despliegues militares en zonas fronterizas y la creciente tensión que reina en diferentes partes del mundo. Después hablan de la tormenta que estallará en Nochebuena, o del frente de bajas presiones más activo que ha llegado jamás a Islandia, en palabras de una compañera de mi hermana. Se esperan cortes de luz en todo el país y no se descarta que se suspendan las misas. El informativo finaliza con una breve noticia sobre ciento treinta y dos aldeas del estado indio de Uttarakhand donde solo han nacido niños en los últimos tres meses, ni una sola niña. Me parece estar escuchando el comentario de mi tía abuela: *Pues lo llevan claro para reproducirse.*

Después comienza un interesante documental sobre una reserva de papagayos en peligro de extinción de Puerto Rico. En concreto, el reportaje estudia el caso de una hembra incapaz de poner huevos fértiles. Las imágenes muestran cómo la anestesian para practicarle una incisión y examinar sus ovarios. Parece ser que, a pesar de todo, posee instinto materno, así que deciden darle un huevo de otra hembra para que lo incube. Según un especialista, existe el riesgo de que lo aplaste, puesto que no lo identifica como suyo. El documental también explica que, cada vez que pasa un huracán por la isla, aumenta el número de ejemplares en la reserva.

A las parturientas que toman analgésicos o les han administrado la epidural les gusta ver documentales de animales. Según mi experiencia, los de David Attenborough son los que más las relajan durante el parto, aunque traten sobre el exterminio de especies animales y vegetales o sobre los pocos días que le quedan al hombre en la tierra. Una parturienta me dijo una vez que la voz de Attenborough le confería seguridad y le quitaba todos los miedos. Estoy convencida de que todo va a salir bien, me aseguró. Después añadió que la voz del británico le recordaba a la de su abuelo, un hombre que había trabajado como chapista, aunque, en realidad, nunca había sido muy hablador. Cuando pienso en mi abuelo, me parece notar un olor a hierro y aceite, dijo. Embargada por la emoción al recordarlo, me preguntó con la voz entrecortada si el niño nacería pronto. Cuando una parturienta me hace esa pregunta, el bebé suele estar a mitad de camino.

Se quitó los auriculares, apagó el ordenador, giró con dificultad su cuerpo pesado y dejó caer las piernas hasta que los pies tocaron el suelo. Se levantó con las manos apoyadas en las lumbares y cogió el bolso de la silla para sacar un cepillo de dientes y un tubo de pasta antes de meterse en el baño. La oí abrir el grifo del lavabo. Cuando volvió, llamó a su madre delante de mí:

—Me ha dicho la comadrona que enseguida tendré al niño en mis brazos. Esta misma tarde. O, a más tardar, esta noche.

A veces no me puedo contener y miro por el rabillo del ojo la pantalla del ordenador de mis parturientas para saber qué documental están viendo. Hace poco me enteré de que se ha extinguido el rinoceronte blanco. O, mejor dicho, de que ha muerto el último ejemplar macho. Quedan dos hembras.

Me da la impresión de que la pantalla de mi televisor está a punto de fundirse y apago el aparato.

Antes de todo lo demás, el hombre nace desnudo

Cuando vivía con tía Fífa, la oía comentar a menudo: *Y pensar que una vez ese hombre fue un bebé desnudo*. O bien: *Y pensar que una vez esa mujer fue una niña en cueros*. El contexto variaba, pero la conclusión era siempre la misma: antes de que el ser humano comience a perseguir a quienes no comparten su opinión, viene al mundo completamente desnudo; antes de que un individuo empiece a encadenar un error tras otro durante toda su vida, hubo un momento en que midió cincuenta centímetros. Sin embargo, el problema no consiste solo en saber qué se tuerce, qué sucede desde su nacimiento, qué hace que el hombre pueda mostrar una mayor crueldad hacia sus similares, la naturaleza y todos los seres vivos que cualquier otra especie animal, sino también en dilucidar por qué unos individuos buscan la belleza y otros no. *Y pensar...*, suspiraba con los ojos cerrados mientras se entregaba a Horowitz interpretando la *Consolación n.º 3 en re bemol mayor*, de Franz Liszt, con la funda del vinilo sobre su regazo. No hacía falta que completara su frase, yo ya sabía lo que quería decir. O bien sacaba de la estantería un libro de poesía y dejaba que *una nota temblorosa tocada por un instrumento oculto* recorriera el salón antes de decir: *Y pensar que una vez este poeta pesó tres kilos y medio*.

La estantería no solo alberga la biblioteca de mi tía abuela, sino también una parte de la de mi abuela. Ambas poseían una buena colección de poemarios y a veces coincide que las dos tenían un ejemplar de la misma obra. Recuerdo bien a las dos hermanas sentadas en el sofá, leyendo cada una sus poemas en las reuniones familiares. De hecho, en los estantes pueden encontrarse hasta tres copias de la misma obra porque hubo un momento en que mi tía abuela empezó a regalarme sus libros favoritos. También hay libros de mi bisabuela, en su mayoría regalos que le hacía la gente del campo, a menudo acompañados de una dedicatoria: *Para la comadrona que me ayudó a traer al mundo a mis hijos*. Otros son poemarios escritos por mujeres que mi bisabuela había conocido personalmente. De ellos apenas se publicaron ejemplares y algunos vienen firmados en la hoja de guarda: *De parte de la autora*. La mayoría de los poemas son odas a la claridad de las noches primaverales, al despertar de la naturaleza y de la vida, aunque también hay algunos *versos circunstanciales* compuestos con motivo de algún cumpleaños importante o el fallecimiento de alguien de la región.

Tía Fífa pasó sus últimos años leyendo y releyendo los mismos libros. Sus labios se movían levemente y, muchas veces, al terminar su lectura, se secaba las lágrimas y me hablaba de los peligros que entrañaba la vida. O de la precariedad de la luz. O bien me recitaba algunos versos.

Quiero ver tu sangre impregnar
la arena porosa.

Y concluía diciendo:

—La belleza, pequeña Dýja, la belleza.

No la recuerdo recitando mucho a nuestros grandes poetas, salvo quizá media estrofa del poema *Islandia* de Bjarni Thorarensen, unos versos que le venían a la mente en las situaciones más dispares.

a tus ancestrales entrañas vuelven,
oh, madre patria, tus hijos...

Su biblioteca también incluye algunas biografías y libros de viajes, así como un manual de interpretación de sueños y un libro de arte que le regaló su amiga galesa con imágenes de la Virgen María. Luego está la edición completa de la *Enciclopedia Británica*, que ocupa dos baldas enteras, y no hay más que ver la infinidad de marcadores y notas que tenía distribuidos por todos los tomos para deducir lo mucho que leyó sobre animales y plantas a lo largo de su vida. Por último, hay dos libros que me llaman especialmente la atención: una antología poética del escritor argentino Jorge Luis Borges y una selección de obras del filósofo y matemático francés Blaise Pascal traducidas al danés. Entre las hojas de *Pensamientos*, tía Fífa insertó un marcapáginas blanco de ganchillo donde anotó su nombre y el año de compra. Han pasado setenta y siete años desde su adquisición. En una de las páginas veo que hizo una cruz en el margen. Leo: *No veo por ninguna parte sino infinidades, que me envuelven como un átomo y como una sombra que no dura más que un instante para no volver.*

Hágase la luz SLR

De pronto, me acuerdo de un turno de noche que hice unas semanas atrás en el que nació un bebé diez días antes de término. Cuando le di el alta a la madre, el padre me entregó una tarjeta de visita y me dijo que no dudara en llamarlo si alguna vez necesitaba un electricista.

—A la hora que sea —aclaró.

Lo cual me pareció justo, porque yo acababa de asistir el parto de su hijo a las dos de la madrugada. Añadió que me daría prioridad.

No dudes en llamarme, repitió mientras me estrechaba la mano y me daba las gracias por *todo*. El parto no había presentado ninguna complicación, pero, según mi experiencia, cuanto menos interviene una comadrona, más muestras de gratitud recibe.

Encuentro enseguida la tarjeta en el cajón de la cocina donde guardo los paños de tía Fífa, las cerillas, las velas de alcohol y las pilas.

Leo:

Hágase la luz SRL
hagaselaluz.is

Cojo el móvil y miro el reloj de pared. Es viernes y son las ocho y media de la tarde.

El electricista responde de inmediato y, cuando le digo quién soy, parece alegrarse de tener noticias mías. Oigo el lloriqueo de un bebé muy cerca del teléfono y una voz lejana que pregunta algo. Es la comadrona, responde el hombre.

Le pregunto cómo se encuentran la madre y el hijo. Me dice que el bebé está bien, pero me parece oír cierto retintín cuando pronuncia la palabra «bebé». Ahora mismo lo tiene sobre su hombro. Por lo visto le duele la barriga y no se puede dormir. De pronto, baja la voz y tengo la impresión de que va a añadir algo. Pero, en su lugar, me pregunta por el motivo de mi llamada.

Le explico que últimamente se va mucho la luz en casa y que no dejo de cambiar las bombillas. Llevo ya cinco en dos semanas.

—¿Has tocado el cuadro eléctrico?

—No.

—¿Has clavado algo o has taladrado cerca de los cables?

—No.

—¿Algún adolescente con ordenadores, teléfonos o cuatro aparatos electrónicos enchufados en la misma regleta?

—No, nada de adolescentes.

Enumero los electrodomésticos que hacen saltar la corriente y termino por el hervidor de agua.

—Cada vez que lo enciendo, se va la luz de la cocina.

Le digo que el aparato está ya en las últimas y que podría ser el cable. A la cocinilla eléctrica le pasa algo parecido. Solo funcionan dos placas.

El hombre baraja algunas posibilidades. Podría ser cosa del disyuntor o de los fusibles. Me explica que, cuando falla el disyuntor, salta la luz en toda la casa. De lo contrario, son los fusibles. Si no es ninguna de las dos cosas, entonces habrá que echar un vistazo a la instalación. Puede que la hicieran unos chapuzas.

Cuando me pide la dirección, resulta que somos del mismo barrio.

De hecho, me dice que podría venir ya, que justo ahora está libre.

—No puedes quedarte sin encender las luces del árbol de Navidad —concluye.

Me parece oír unos ruidos en el ático donde se aloja el turista.

Y LA LUZ SE HIZO

Mientras espero la llegada del electricista, aprovecho para ordenar los zapatos de la entrada. Luego me acerco al espejo y me quito las gafas. Llevo un tiempo ahorrando para corregirme la miopía con láser. Estoy harta de tener que quitarme las gafas continuamente para limpiármelas cada vez que llueve, hace viento o se desata una tormenta de nieve. Además, se me empañan siempre que atiendo a una parturienta que está dando a luz en una bañera.

Un instante después, el electricista me llama al móvil y me avisa de que está delante del portal. El telefonillo no funciona, así que bajo a abrirle.

—Falta una luz aquí fuera —me dice nada más verme.

Con su bolsa de herramientas en la mano, entra conmigo y sube los escalones de dos en dos.

Una vez en casa, pasea la mirada por el apartamento sin poder disimular su asombro.

—¿Este es tu piso?

—Sí.

—Pero aquí vive más gente, ¿no?

—No, vivo sola.

—Habría dicho que aquí vive una persona cuarenta años mayor que tú. No parece que hayas hecho muchas reformas últimamente.

Le muestro dónde está el cuadro eléctrico y enciende una linterna de bolsillo para iluminarlo. Luego recorre una por una todas las habitaciones. Enciende y apaga las luces, tira de los cables e inspecciona las conexiones y las tomas de corriente.

—Tienes todavía pantallas pintadas a mano, arandelas de latón, bombillas con casquillos de cobre y cables aislados con material textil. Ya casi no se ven ese tipo de cosas.

Desvía la mirada hacia la pila de folios que se alza en el escritorio.

—¿Escribes? —me pregunta.

—Son papeles de mi tía abuela —respondo—. Vivía aquí antes que yo.

Me observa.

—También era comadrona —añado.

Continúa con su inspección mientras me confiesa que nunca ha visto un apartamento tan abarrotado de objetos y muebles.

—Lo tienes todo: *Que Dios bendiga este hogar*, un secreter, unos dedales, unos perros de porcelana y unos suvenires. Y dos juegos de sofás.

Camina por la alfombra de rosas doradas y se detiene frente al enorme bordado que cuelga encima del sofá de terciopelo.

—¿Es María con el niño Jesús?

—Sí.

—¿Dándole el pecho?

—Sí.

—¿Lo has bordado tú?

—No, mi tía abuela.

—¿La que vivía aquí antes?

—Eso es.

Retoma las cuestiones eléctricas.

—A tu piso le hace falta luz. Necesitas un plafón, unos cuantos apliques y un foco en el salón que ilumine al niño Jesús. También te haría falta una bombilla en el espejo del pasillo, otra en el baño y unas luces decentes para poder trabajar en la cocina. Yo no me atrevería a manejar un cuchillo en semejante penumbra, ni siquiera para pelar patatas.

De momento, concluye que la corriente salta porque enchufo lámparas y hervidores que están viejos.

Se guarda la linterna en el bolsillo y, lejos de dar muestras de querer marcharse, coge un taburete y se sienta.

Me siento frente a él y me confiesa que salir de casa le sirve para airearse un poco.

—En teoría, estoy de baja por paternidad —señala.

Tras un breve silencio, me cuenta que le ha regalado a su mujer una lámpara de amanecer.

—¿Una lámpara de amanecer?

—Sí, una lámpara que simula que se hace de día —me explica.

Añade que las vende un conocido suyo y que podría conseguirme una.

—Algunas llevan un despertador incorporado y las puedes poner en la mesilla de noche.

Asiente con la mirada puesta en la tostadora.

—Podrías ponerte una en la cocina. Cuando arregles el enchufe, claro. Todo depende de en qué estancia de la casa quieres que amanezca.

Se oyen unos martillazos en el piso de abajo. Deduzco que, o bien mi vecina está ablandando unas chuletas de cordero, o bien está colgando un cuadro.

Me levanto y pongo a hervir agua para hacer café en una de las dos placas que funcionan.

Veo a mi invitado inclinarse hacia la pared con gesto de sorpresa.

—¿Un calendario de la compañía marítima Eimskip de 1977?

—Sí, es el año de mi nacimiento.

Saca la cuenta para calcular mi edad.

Luego coge el calendario y mira las fotos de los barcos de la compañía:

—El Brúarfoss, el Goðafoss, el Gullfoss, el Skógafoss... —enumera antes de dejarlo en su sitio y golpear con los nudillos la pared donde está colgado.

Es un tabique que mandó levantar tía Fífa para tener la cocina separada del comedor.

—Madera —deduce—. Podrías tirarlo y ampliar el comedor. De hecho, incluso podrías unir el comedor con el salón —añade antes de acercarse a la puerta corredera que separa las dos estancias para hacerla deslizar.

Dejo las tazas y la cafetera sobre la mesa y le pregunto cómo van las cosas.

Se vuelve a sentar y adopta un aire inquieto:

—Sædís no se encuentra bien.

Le digo que puedo hablar con una compañera que ofrece servicios de comadrona a domicilio para que les asesore, pero él niega con la cabeza sin levantar la mirada de la mesa, cubierta por un mantel blanco con flores azules bordadas en las esquinas.

—No consigue dormir desde el parto.

Acaricia las flores con los dedos.

—Se sienta junto a la cuna y se pasa toda la noche viendo cómo respira Ulyssus Breki.

—Tener un hijo es motivo de estrés —convengo.

—Cuando tomo el relevo por la mañana, me hace jurarle que no voy a apartar la mirada del pequeño mientras ella duerme.

Continúa.

—Anoche le entró hipo.

—Es normal.

Se termina el café y se pone de pie.

—La he estado animando a que salga a pasear.

Se tapa la cara con las manos.

—Ayer salió corriendo al jardín, caminó por la nieve y alzó los brazos al cielo.

Repite que alzó los brazos al cielo.

—Cuando volvió a entrar, dijo: «Nieve recién caída y ni una gota de sangre».

Niega de nuevo con la cabeza.

—Habla con acertijos.

Lo acompaño hasta la puerta. De camino, prueba todos los interruptores.

Enciende y apaga.

Apaga y enciende.

—Mi hermano también es electricista, como yo. Y como mi padre. Mi hermana trabaja en una guardería, pero también se está sacando el título. Así que somos cuatro electricistas en la familia.

—En la mía hay cuatro comadronas.

—Se podría decir que trabajamos en el mismo campo. El de la luz.

Se detiene en la puerta y hace sonar el timbre.

—Siempre le he tenido miedo a la oscuridad.

Insiste en que nunca se ha sentido bien en la oscuridad.

Cuando ya se ha ido, reparo en un extraño comentario que ha hecho mientras estaba sentado en la cocina: «La mejor manera de hacer que una cosa se vuelva invisible es guardarla en un armario».

Padre de la luz

Cuando vivía con ella, tía Fífa había abandonado las labores de punto y pasaba largas horas en su dormitorio, lupa en mano, examinando todos sus registros. Había reunido un buen número de documentos —como atestiguan los miles de papeles amontonados en su escritorio— que estudiaba con detalle antes de clasificarlos. De vez en cuando insertaba un folio en su vieja máquina de escribir y entonces se la podía oír teclear desde el salón. Mamá sospechaba que estaba redactando sus memorias, lo cual no se alejaba demasiado de la realidad. Su madre, o sea, mi bisabuela, que trabajó como comadrona en el norte del país, *en uno de los distritos más extensos de Islandia*, había dejado un diario, escrito con letra diminuta pero de hermosos trazos, y tía Fífa ya había mecanografiado una buena parte cuando me instalé en su casa. Durante muchos años, si no décadas, hizo un viaje al norte cada verano con su vieja grabadora para entrevistar a las comadronas de la generación de mi bisabuela. Al volver, dejaba la grabadora en el escritorio, junto a varias pilas de cintas, y cada vez que escuchaba las entrevistas podía oír unos chirridos procedentes de su dormitorio cuando estudiaba en el salón. Cada cinta estaba etiquetada con un trozo de cinta adhesiva marrón donde había anotado el pueblo y la edad de cada comadrona: Blönduós, 95 años; Hvammstangi, 92 años; Sauðárkrókur, 89 años...

También había recabado información sobre un comadrón, un padre de la luz del que me había hablado en alguna ocasión y que, al parecer, era antepasado nuestro. Por lo visto, no era igual de común en todas las regiones que los hombres asistieran partos. Me consta que había un buen número de ellos y que su labor se heredaba *de padres a hijos tanto como de madres a hijas*. Al tener experiencia asistiendo los alumbramientos de sus animales y los partos de sus propios hijos, también ayudaban a las mujeres de las granjas vecinas, *siempre y cuando tuvieran buenas manos*. Tía Fífa también conocía el caso del marido de una comadrona que asumía el puesto cada vez que su mujer enfermaba. Cuando le pregunté qué pensaba hacer con sus investigaciones, me dijo que pretendía reunir las entrevistas, el diario de su madre y la información obtenida sobre aquel padre de la luz en un mismo libro: *Vivencias de siete comadronas y un comadrón del sector norte occidental.*

La verdadera luz de las briznas de hierba

Cuando visitó el norte por última vez, fui yo quien la llevó. Todas sus interlocutoras habían pasado ya a mejor vida, menos una, la más joven, una antigua comadrona de noventa y seis años que vivía en una granja con el hijo de su hija adoptiva. La idea de tía Fífa era pasar a saludarla y aprovechar el viaje para enseñarme el lugar donde había nacido el comadrón.

Mientras conservaba la vista, e incluso cuando empezó a fallarle, conducía ella sola cada año. Tuve que inyectarle una buena dosis de combustible al motor de su viejo Lada para ponerlo en marcha. Por el camino, me di cuenta de que el tubo de escape estaba agujereado y, cuando nos cayó un chaparrón al cruzar el altiplano de Holtavörðuheiði, resultó que solo funcionaba un limpiaparabrisas. Yo acababa de terminar mi primer año de carrera cuando acepté aquel trabajo de chófer privado. Para sorpresa de todos, me había matriculado en Teología, y enseguida vi a dónde quería ir a parar tía Fífa cuando sacó el tema durante el trayecto. Mientras atravesábamos el campo de lava del cráter Grábrók, me preguntó si tenía intención de hacerme pastora.

Le dije que no estaba segura.

—¿Te ves a cargo de un entierro? —me preguntó—. No todo el mundo vale para escribir discursos fúnebres —dijo antes de añadir que sabía de buena tinta que a menudo los pastores también debían ocuparse de tareas que, oficialmente, no formaban parte de su trabajo. Como aspirar el altar o quitar la nieve de la entrada para *su rebaño*. Los feligreses podían aparecer en cualquier momento para discutir si primaba la carne sobre el espíritu o el espíritu sobre la carne. Yo no había hecho más que dos cursillos y había leído cuatro cosas sobre la sociedad hebrea, así que difícilmente se podía decir que estuviera preparada para entrar en tales disquisiciones. En cambio, mi tía abuela estaba más formada que yo, pues se sabía al dedillo las Escrituras, y no podía disimular sus ganas de hablar sobre la lucha entre la luz y las tinieblas. Me explicó que, según un cálculo que había hecho, la Biblia mencionaba la luz en trescientos versículos, mientras que la oscuridad aparecía en unos sesenta. Hablaba de la *luz del mundo*, la *luz de la vida* y la *luz verdadera*. Nos desviamos de la carretera principal por una pista de grava llena de baches que enseguida dio paso a un pequeño tramo asfaltado y luego a una alternancia de tramos de grava y asfalto. Mientras bordeamos un lago, una nube procedente del mar dejó caer un buen chaparrón. Después adelantamos un tractor y, un poco más adelante, redujimos la velocidad al ver pasar un grupo de caballos trotando por un camino de tierra salpicado de charcos amarillos. Tía Fífa contempló maravillada la belleza de los potros antes de volver a la teología y preguntarme qué me parecía el hecho de que Dios viniera al mundo en forma de un bebé que no sabía hablar.

Nuestro primer destino era una granja a la que se accedía por un largo camino que también llevaba a una iglesia. En la granja vivía su última entrevistada, una mujer que nos recibió en la entrada y nos ofreció morcilla acompañada de puré de patata con azúcar. En cuanto tía Fífa insertó la cinta en la grabadora, las dejé a solas y fui a sentarme un rato en la iglesia, una pequeña construcción de madera con un tejado rojo de chapa ondulada y una preciosa bóveda azul con estrellas doradas. Terminada la entrevista, salieron a la puerta de la granja y tía Fífa le hizo una foto a su amiga con su vieja cámara Pentax. El perro nos siguió hasta el coche caminando entre nuestras piernas. Una vez en el Lada, le pregunté de qué habían hablado y su respuesta fue que de los sueños premonitorios de las comadronas.

Pasado un altiplano, el camino nos llevó hasta un valle verde deshabitado donde mi tía abuela quiso hacer una parada. Nos alejamos del coche y caminamos un rato cogidas del brazo mientras ella parecía buscar algo con la mirada. Entre la hierba se distinguía un leve montículo que se alzaba sobre el terreno. Eran las ruinas del lugar donde había nacido Gísli Raymond, el comadrón. Frente a una abrupta pedriza. Mientras tía Fífa se acercaba a las ruinas, fui al coche para buscar su cámara de fotos y ella aprovechó para pedirme que le llevara también el pintalabios. Cuando llegué al vehículo y abrí la guantera, apareció ante mí un ejemplar de las Sagradas Escrituras.

Justo cuando hice la foto, un rayo de sol se filtró entre las nubes y su luz jugueteó con las briznas de hierba que cubrían las ruinas. Un instante después, el cielo se nubló de nuevo y la magia desapareció. Me acosté un momento en el brezo y, al levantarme, tenía hojas de dríadas de ocho pétalos pegadas al jersey que tía Fífa me había tricotado antes del viaje. De vuelta en el coche, le pregunté qué hacía con un ejemplar de la Biblia en la guantera. Ni que fuera una predicadora. Me respondió que no sabía de dónde había salido. Por el motivo que fuera, había ido a parar allí. *Por casualidad*, fueron sus palabras.

En el camino de regreso, me contó que, con ayuda de un genealogista, había descubierto que Gísli Raymond Guðrúnarson, más conocido como Nonni, era de ascendencia extranjera. En concreto, era nieto de Raymond Gísli, a quien también llamaban Nonni. Según parece, la abuela de Raymond Gísli había llegado a Islandia a bordo de un carguero y había contraído matrimonio con un pastor. A veces me costaba seguir el hilo de su relato, ya que no siempre guardaba una secuencia lógica y, además, solía perderse en continuas digresiones, por lo que me era imposible ordenarlo todo de forma lineal. De alguna manera, la historia progresaba dando vueltas en torno al tema principal, aunque puntualmente reaccionaba y conseguía reencauzar la narración durante unos instantes. Las indagaciones del genealogista habían extendido las ramas de nuestro árbol familiar más allá de nuestras fronteras, y tía Fífa consideraba que había pruebas fehacientes de que nuestra antepasada, la del carguero, descendía de un tal Pascal, que, si no era el filósofo que estudió el vacío e inventó la primera calculadora, entonces tenía que ser algún pariente suyo.

—Nunca habría imaginado que nuestras raíces pudieran llegar tan lejos, pequeña Dýja.

Sin embargo, en lo relativo a nuestro parentesco con el padre de la luz, a si su sangre corría realmente por nuestras venas, parecía contradecirse. Enseguida me di cuenta de que la verdadera intención de su relato era sembrar mis dudas y tenerme en vilo hasta la sorpresa final.

Cuando pasamos por el área de servicio de Staðarskáli, desveló por fin la clave de su historia:

—Tenía el corazón en el lado contrario.

Consultando antiguos documentos, había descubierto que el padre de la luz del sector norte occidental tenía el corazón en el lado derecho.

El camino tortuoso

Tía Fífa me pidió parar en medio del altiplano de Holtavörðuheiði para comprobar si ya había bayas a finales de julio. En cuanto puse el intermitente para aparcar en el margen, una fila de coches aprovechó para adelantarnos. Ella se alejó unos metros del vehículo y volvió con medio puñado de arándanos, que compartió conmigo. El sol había comenzado a descender y su luz hacía brillar las ventanas de las granjas. A pesar de ser tarde, quiso repetir el recorrido que habíamos hecho a la ida y bordear el fiordo Hvalfjörður en lugar de acortar por el túnel submarino que acababan de inaugurar. No quería circular ciento sesenta y cinco metros por debajo de los peces que nadaban tranquilamente en el mar. El cielo y las montañas se reflejaban en las aguas del fiordo, y tía Fífa bajó la ventanilla para escuchar el canto de los pájaros. Las hierbas altas se erguían inmóviles bajo el aire en calma.

—Hola, pequeño págalo —decía desde su asiento—. Buenas tardes, charrán.

Me pidió que condujera despacio para poder disfrutar sin prisa del *camino tortuoso*, como ella lo llamaba. Lo cual no era precisamente un problema para nuestro Lada.

Mientras iba al volante, calzada con mis zapatillas amarillas y sin calcetines, me invadió una sensación de *déjà vu* al acercarnos al promontorio de Hvítanes. Me dio la impresión de que ya habíamos tenido esa conversación, de que ya le había escuchado decir esa frase en el mismo lugar donde nos encontrábamos, a los pies de una empinada pedriza:

—Sí, vayamos despacio por el camino tortuoso, pequeña Dýja.

Y luego añadió que dentro de cada viaje hay otro viaje.

Al bordear la costa de Kjós, los islotes aparecían y desaparecían entre los bancos de niebla.

En el camino de vuelta tuve que parar dos veces para ponerle agua al radiador y, unos días después de llegar a Reikiavik, llevamos el Lada al desguace.

El otoño siguiente, decidí abandonar mis estudios de Teología para empezar a formarme como matrona. Mi nuevo interés sorprendió aún más a mi familia. A todos, menos a mi tía abuela.

—Tienes manos de comadrona, las mismas que nuestras antepasadas.

Mi bisabuela también menciona las manos en su diario: *He procurado siempre proteger mis manos, aun a sabiendas de que por ello se me podía acusar de escatimar esfuerzos en el trabajo.*

Sólheimar – Ljósvallagata

En el estante inferior de la biblioteca hay cuatro álbumes de fotos, los cuatro con cubiertas coloridas, tres con estampados de flores y una con dibujos de cachorros. Sus páginas conservan un extensa colección de fotografías en las que aparezco con mi hermana a distintas edades, ambas con los vestidos que nos hacía tía Fífa, aunque también hay muchas en las que salgo yo sola, recién nacida en los brazos de mi tía abuela, en su casa de Ljósvallagata, el día de mi confirmación, el día en que acabé el bachillerato y una en la que salgo sonriendo con el primer bebé al que ayudé a venir al mundo. Otras son de reuniones familiares en las que se ve a mi abuela y a mi tía abuela, sentadas una junto a la otra, con el mismo peinado y el mismo color de pelo. De hecho, con la edad se fueron pareciendo cada vez más. Mi abuela murió diez años antes que su hermana y, cuando perdió a su marido, yo me encargaba de ir a la calle Sólheimar y a la calle Ljósvallagata para pasar a buscarlas y llevarlas a Bólstaðarhlíð, donde se celebraban los encuentros familiares. Luego las dejaba otra vez en casa siguiendo el mismo trayecto. Las dos vivían en un bloque de pisos, en la segunda planta, así que en el mismo día entraba y salía de sus apartamentos dos veces: primero iba a buscar a una, la cogía del brazo, la ayudaba a quitarse el abrigo antes de subir al coche y pasábamos a buscar a la otra. Algunas fotografías son de tía Fífa cuando era joven. En una sale riendo, con un cigarrillo en la mano y media cara tapada por una nube de humo. *Ciudadana del mundo*, escribió una compañera suya en el obituario que dedicó a aquella mujer que solo había salido al extranjero una vez en su vida.

Uno de los álbumes está reservado a fotos de bebés que le enviaron sus parturientas, a menudo acompañadas de tarjetas de Navidad. Además de ser un muestrario de la mayor o menor habilidad de los progenitores para hacer fotos y de la distinta calidad de las cámaras, sus hojas también dan fe de que mi tía abuela regalaba una prenda de punto a cada niño que ayudaba a nacer. Al pasar las páginas, me parece estar consultando un manual de costura o un catálogo de patrones. Debajo de algunas fotografías, tía Fífa anotó el tipo de hilo que había empleado y el número de puntadas. Las últimas hojas contienen las fotos que hice durante nuestro viaje al norte. En la mayoría sale mi tía abuela, pero hay una que destaca especialmente, tanto por el tema —un perro con las orejas erguidas y el rabo enroscado— como por la extraña perspectiva, ya que está hecha en picado y parece que el animal no tenga patas. Además, la foto salió movida. Todavía recuerdo lo nerviosa que me ponía aquel perro con sus continuas ganas de hacerme fiestas y sus incesantes ladridos mientras daba marcha atrás delante de la casa cuando ya nos íbamos. Debajo de la foto se lee: *Sámur era único a su manera, educado y algo introvertido. Bendito sea su recuerdo.*

Poco después de volver a Reikiavik, le sugerí que se comprara un ordenador y me ofrecí a darle unas nociones de uso. Como estaba empezando a fallarle la vista, le enseñé cómo agrandar la fuente. Le pareció fascinante poder editar sus entrevistas sin tener que reescribirlo todo continuamente. Así pasábamos las horas delante de la pantalla, una junto a la otra. Aunque eso no le impedía llamarme cada vez que no sabía hacer algo. A veces decía que había tocado una tecla sin querer y se le había puesto la pantalla negra. O bien que su documento había desaparecido de repente, aunque, en realidad, le daba igual porque no era su mejor texto, así que tampoco había perdido gran cosa. Una vez, sin saber cómo, había agrandado tanto la fuente que solo veía una letra en cada página. La primera estaba ocupada por una enorme J, la siguiente por una A, la siguiente por una R y así hasta completar las nueve letras de Jarþrúður, el nombre de una de sus entrevistadas.

Al final me ofrecí voluntaria para pasarle a limpio tanto el diario de mi bisabuela como sus entrevistas en mis fines de semana libres. Así fue como descubrí que *Vivencias de siete comadronas y un comadrón del sector norte occidental* no hablaba tanto de comadronas y partos sino de viajes, animales y fenómenos meteorológicos.

En la primera entrada de su diario, mi bisabuela explica por qué decidió convertirse en comadrona. O, más bien, por qué decidió formarse en la Escuela Superior de Obstetricia de Islandia. Los requisitos de admisión eran dos: por un lado, contar con un intachable sentido de la moral, y, por otro, dominar la lectura y la escritura.

Quería viajar y conocer mundo —escribe con su elegante caligrafía—, *así que decidí ir a Reikiavik para formarme como matrona. El curso duró tres meses. Y, de paso, aproveché mi estancia para apuntarme a clases de baile.*

Casi todas las comadronas que tía Fífa entrevistó a lo largo de veinticinco veranos desde 1970 pertenecían a la generación de mi bisabuela. Todas habían nacido entre finales del siglo XIX y comienzos del XX y todas compartían la experiencia de haber ido andando o a caballo a casa de las parturientas. *A una comadrona se le nota que ha visto mundo*, explica una de ellas.

Muchas describen los peligros a los que se enfrentaban cuando tenían que desplazarse en las peores condiciones invernales. Solían ir acompañadas de un escolta, un joven valiente que, según sus testimonios, muchas veces abandonaba la travesía porque le aterraba la oscuridad o estaba exhausto, y entonces ellas se veían obligadas a continuar solas, perdidas en medio de una tempestad cegadora, avanzaban a tientas buscando alguna roca que les fuera familiar, se hundían en la nieve hasta la cintura, franqueaban collados, vadeaban ríos, caminaban por el hielo, esquivaban aludes de milagro y, después, cuando por fin alcanzaban su destino y se quitaban todos los mantones en los que iban envueltas, muchas veces el niño ya había nacido, vivo o muerto, y es que *una mujer a punto de dar a luz no está pendiente de si hace buen tiempo para viajar.*

Transcribí páginas y páginas sobre tinieblas que lo engullían todo y noches insondables que no permitían ver ni a un metro de distancia. Las entrevistadas describían un mundo reducido a un muro infranqueable, un acantilado vertiginoso, un precipicio a cada paso, trataban de describir con palabras cómo se sentían cuando ni siquiera podían ver al escolta que llevaban a su lado y tenían que buscarlo palpando la oscuridad con la punta de los dedos. No tenían forma de saber lo que ocultaban las tinieblas, dónde estaban sus límites, en ellas se oían toda clase de sonidos, no solo el aullido del viento, sino también otros de los que preferían no hablar mucho, a ser posible nada en absoluto; la oscuridad alberga un sinfín de historias, dispara la imaginación, y es negra, negra y más negra. *Desde siempre me ha dado pánico la oscuridad*, confiesa una de las mujeres. Tía Fífa intercala en ocasiones sus propias conclusiones e impresiones, como: *Quien no haya hecho una travesía a pie por Islandia en invierno no sabe lo que es la oscuridad*. Y se pregunta: *¿Es que hay luz en este país? ¿Hay luz en este mundo?*

Algunas de las palabras que usaban las entrevistadas para referirse a diferentes fenómenos meteorológicos apenas se oyen hoy en día o han caído en desuso. Más de una vez tuve que parar la cinta y rebobinar para volver a escuchar los términos que empleaban para describir tormentas cegadoras o espesos blancos de niebla. Por aquel entonces, mi hermana estaba en Lund, haciendo su máster en Meteorología, y un día le envié una lista con todo tipo de palabras que había recopilado.

Sobre la nubosidad:
cejo
calígine
niebla meona
arrebolada
celaje

Sobre el viento:
zarzagán

tolvanera
hostigo
blandura
matacabras
aquilón
biruje
nortada
galerna
bóreas
céfiro
ventarrón

Sobre las precipitaciones:
cellisca
mollizna
zaracear
nevazo
calabobos
destemplanza
pedrisco
nevisca
turbión
nubada
tronada
argavieso
relente
sereno

Aunque solo fuera en contadas ocasiones, el invierno también regaló hermosas jornadas de travesía a algunas de las entrevistadas, que veían un atisbo de esperanza cuando amainaba la tempestad y se encendía *en el cielo una aurora boreal más brillante que el sol.*

Mi bisabuela hizo una de esas travesías en enero de 1922, durante los últimos días de su octavo embarazo. De regreso a casa tras haber asistido un parto, el viento estaba en calma, la nieve se había congelado y el cielo negro estaba plagado de estrellas. En la entrada de su diario, el mundo se transforma luego en un espectáculo de diminutos espejos resplandecientes que brillan bajo un sol radiante. *Volví a casa deslizándome por la nieve congelada*, apunta antes de describir el destello de los cristales al reflejar la *exigua luz que conceden los días de invierno*. Lo cual le lleva a preguntarse si el hombre está hecho de estrellas. Su entrada termina con la siguiente frase: *Esa misma noche di a luz a una niña llena de vida.*

—Era yo —precisó tía Fífa cuando terminé de transcribir el texto.

Luego, de repente, llegaba el verano con sus noches claras y dejaba de oírse el rugido del viento. El país se convertía en un manto verde surcado por arroyos balbuceantes. En una extensa entrada de su diario, situada en esa época del año en que el tiempo se paraliza para dejar transcurrir dos meses de eternidad, mi bisabuela describe un día en que volvía a casa con unos fórceps metidos en una bolsa con un poco de alcanfor. Por fin había salido de la oscuridad invernal y se dirigía hacia el sol, hacia esa luz infinita donde no hay ni rastro de sombras. *Cuando alcé la vista hacia el collado, se coló entre las nubes un rayo de sol que iluminó el aire y mi corazón se estremeció ante semejante belleza.* Luego describe un paisaje convertido en una hermosa alfombra verde, la ulmaria le llegaba hasta las rodillas y una cascada le salpicó al pasar. *Me acosté bocabajo junto al arroyo, bebí un sorbo de agua, vi pasar una trucha, me senté en la orilla y contemplé mi propio reflejo hasta que se lo llevó la corriente. Mi alma era tan permeable como la tierra en primavera.* Envuelta en el zumbido de las moscas, dedica casi una página entera a describir cómo se descomponen los rayos del sol al atravesar el agua.

Llevaba mi caña de pescar y las nubes nadaban en el arroyo. La noche estival de aquella madre de ocho hijos concluye con las palabras: *Aquella noche sentí que no pertenecía a nadie y entendí que mi vida tenía un propósito*. En el margen superior de la siguiente página, escribió con su elegante letra: *¿De qué medios disponía aquella gente para evitar tener hijos? Yo les enseñé todo lo que sabía, pero no fue suficiente: al año siguiente me volvieron a llamar de la misma granja*.

Aunque apenas da detalles de los partos y del sufrimiento de las mujeres, que no contaban con remedios para mitigar el dolor, mi bisabuela intercala alguna que otra reflexión entre sus descripciones de la naturaleza.

Si hubiera nacido varón, podría haberme hecho médico y dedicarme a salvar la vida de las mujeres que mueren por disentería, escribe. Por otro lado, también toca cuestiones relacionadas con los animales. Por ejemplo, explica lo siguiente cuando habla del origen de su vocación: *De pequeña me generaba curiosidad el nacimiento de los corderos. Antes se acostumbraba a enterrar los fetos muertos, y cuando, por el motivo que fuera, se sacrificaba una hembra embarazada, me gustaba examinar su útero cuando se lo abrían y contemplar el líquido translúcido en el que flotaban sus crías. Una de las cosas que más me sorprendía era que, al nacer, los corderos sacaran primero las patas traseras, mientras que los bebés humanos sacaban la cabeza, con los brazos pegados al cuerpo*.

El ganado ovino también es un tema recurrente en las entrevistas de tía Fífa.

Me gustan los animales. Sobre todo las ovejas islandesas, dice una de sus interlocutoras.

La oveja supera al ser humano en muchos aspectos, opina una segunda.

La oveja es la mejor compañera del hombre, afirma una tercera.

La oveja islandesa puede ser terca a su manera, dice una cuarta.

Sin embargo, comparando las transcripciones de tía Fífa con las declaraciones originales, descubrí que mi tía abuela no solo orientaba sus preguntas hacia sus intereses, es decir, los animales, sino que en algunos casos también interpretaba libremente las respuestas y las llevaba a su terreno. Y, a juzgar por su diario, no cabe duda de que mi bisabuela compartía con su hija su pasión por el reino animal.

En otra entrada dedicada a su infancia, recuerda que, cuando aparecía alguna ballena varada, se levantaba una gran expectación por descuartizarla y repartir la carne. *Yo deseaba siempre que fuera una hembra con un ballenato en su vientre. Me impresionaba el momento en que abrían a la madre para extraerlo. Nadie se lo comía.* Pero también habla de las aves. Mientras se dirige a una granja donde va a prestar sus servicios, o bien mientras vuelve de ella, escucha el canto de un gorrión, oye que el chorlito dorado ha vuelto a Islandia por primavera, describe la forma de los huevos en los nidos, un día ve una lechuza, y otro, un halcón volando.

En los relatos de mi bisabuela también tiene cabida lo anómalo, como los cuervos blancos y los animales deformes. *Los fenómenos que más despertaban mi curiosidad eran vistos por los demás como aberraciones* —escribe—. *Enseguida corrieron rumores sobre mi peculiar interés y la gente de la región empezó a venir a buscarme cada vez que nacía un cordero con dos cabezas o cinco patas.* Siendo así, no es de extrañar que tía Fífa tuviera pensado titular uno de los capítulos «Sobre lo insólito». A juzgar por un comentario anotado en un margen, en algún momento barajó la posibilidad de titular el libro: *Experiencias de comadronas ante las anomalías de la naturaleza y del reino animal en Islandia*. Como se desprende del título, la idea de atípico o de *aberrante* no solo se refiere a los animales, sino también a los fenómenos naturales. Por ejemplo, mi bisabuela habla de eclipses, tanto lunares como solares; una entrevistada menciona un arcoíris doble; otra ha visto bandadas de gansos y cisnes mezclados volando en formación de V y se imagina que los cisnes se han colado entre los gansos para hacerse el vuelo más fácil; otra recuerda haber visto nubes de formas extrañas que describe como *pólipos en el cielo* y que bautiza como *nubosidad mamiforme*.

Los escasos detalles que suelen dar de algún parto o recién nacido también se enmarcan en la idea de lo inusual o lo diferente. Por ejemplo, mencionan a un niño *con las orejas más abajo de lo normal y un espacio inusualmente grande entre el pulgar y el índice*. Una de las comadronas habla con cierto secretismo sobre unos siameses que fallecieron tras un parto complicado. *Me prometí* —añade— *que nunca hablaría de ello.*

También me llama la atención que tía Fífa tuviera pensado titular otro capítulo «Sobre el instinto maternal». En él, como en el resto del libro, entrelaza sus propios puntos de vista con las vivencias de sus interlocutoras. He llegado a la conclusión de que, en realidad, mi tía abuela escribía sobre sí misma, que sus entrevistas con las siete comadronas eran entrevistas consigo misma, que las historias de aquellas mujeres no eran sino la suya propia, pero trasladada a otra época y a otro lugar. En ese sentido, su capítulo sobre el instinto maternal no es una excepción. Mi bisabuela tuvo diez hijos, pero, curiosamente, la mayoría de las entrevistadas eran mujeres solteras y sin hijos, como tía Fífa. De hecho, el capítulo comienza con las siguientes palabras: *La finalidad de la vida no es la reproducción*. Y, como siempre, además de redactar una especie de prólogo, al final presenta sus conclusiones. *No tengo el menor instinto maternal*, admite una de las comadronas. A lo que tía Fífa considera adecuado añadir: *No todas las mujeres quieren ser madres*.

Por otro lado, he observado que entre las mujeres de mi familia ha habido cierta tendencia a tener hijos a edades muy avanzadas. Mi bisabuela, por ejemplo, tenía cincuenta y un años cuando dio a luz a su décimo bebé (nueve nacieron en mayo) y, para sorpresa de todos, la hermana de mi madre tuvo a su primer y único descendiente a la edad de cuarenta y siete años, en Jutlandia.

A los noventa años, tía Fífa se compró un ordenador portátil y se quedó maravillada cuando le expliqué que podía elegir el fondo de pantalla. Dudó mucho entre un amanecer y una puesta de sol que tiñera el cielo de rojo sangre, y al final se decantó por la claridad del alba. Con todo, a pesar de tener dos ordenadores, nunca renunció por completo a su máquina de escribir.

Sin embargo, *Vivencias de siete comadronas y un comadrón del sector norte occidental* no pasó de ser un manuscrito inacabado. Y es que no tardó en aparecer otro proyecto, otra idea, que pronto ocuparía toda su mente y acapararía su tiempo.

40 °C

Son las once de la mañana y el turista del ático está en mi rellano. Vestido con un jersey, sostiene unas sábanas embarulladas en los brazos y me pide disculpas por las molestias. Lleva un rato en el cuarto de las lavadoras, intentando saber cuál tiene que usar. Por lo visto, el dueño del piso le ha hecho hueco en un estante y le ha dejado tres perchas libres, pero no le ha cambiado las sábanas. El turista me explica que ha estado buscando unas limpias y que, al no encontrarlas, ha deducido que el propietario solo tiene dos juegos, el que estaba puesto en la cama y el que está en la cesta de la ropa sucia.

Me pongo las zapatillas y, mientras bajamos, me cuenta que su hijo debería haber venido con él.

—La idea era hacer un viaje los dos solos —me explica. Pero se ve que el chico se lo pensó mejor y decidió pasar las Navidades con su madre.

Le pregunto cuántos años tiene su hijo y me dice que dieciséis.

—Ha decidido dejar de coger aviones. Dice que toda la humanidad respira el mismo aire. Un día te pelas de frío en invierno y, al siguiente, ya es verano y te estás asando de calor. Antes, la primavera duraba al menos unas semanas. Ahora solo dura un día. Los tulipanes se marchitan veinticuatro horas después de haber salido. Hace demasiado calor.

Le muestro cómo funciona la lavadora.

Me explica que tenía pensado ir a otro sitio, pero, en el último momento, decidió venir a Islandia.

—Mi intención no era venir tan al norte, pero cambié de opinión.

No me dice: He viajado por todo el mundo, pero no he encontrado aún una tierra que mane leche y miel.

Su plan inicial era hospedarse en un hotel, pero luego pensó que sería más acogedor alojarse en un apartamento. Encontró el ático por casualidad, después de que le cancelaran a última hora otro piso que ya tenía reservado.

—Si es ropa blanca, la pones a ochenta grados —le indico—. Si es de color, a cuarenta.

Se coloca a mi lado y me observa mientras vierto el detergente en el compartimento antes de ajustar la temperatura y el tiempo.

En realidad, ya sabe usar la lavadora: en su casa tiene una de la misma marca, una Bosch.

Le pregunto si ya sabe lo que va a hacer durante su estancia y me dice que está reflexionando. Reparo en el verbo que ha empleado: «reflexionar».

Entonces caigo en que hace dos días puse una lavadora y aún tengo la ropa sin tender. Abro el tambor y, mientras hablamos, saco una camiseta, la sacudo y la dejo colgada de una cuerda, sujeta con dos pinzas. En el dorso lleva impreso el logotipo de un banco que una vez organizó una maratón benéfica en la que participé y cuyos fondos se destinaron a la compra de oxímetros para las incubadoras de la maternidad.

Sigo sacando camisetas, pero tengo mis reparos al llegar a la ropa interior.

Mientras subimos por las escaleras, me ofrezco a prestarle unas sábanas.

Me sonríe agradecido y me espera en el rellano hasta que salgo con una funda de edredón blanca de damasco decorada con motivos de ganchillo. Legado de tía Fífa.

Incapaz de contenerme, le pregunto si estuvo presente en el nacimiento de su hijo.

Me dice que sí.

Le pregunto si tuvo miedo.

—Sí, tuve miedo.

Le pregunto si lloró y responde que sí.

Le digo que los cetáceos, como el hombre, necesitan la ayuda de una comadrona.

—Ah, mira.

Es difícil saber lo que está pensando, pero parece estar meditando mis palabras.

Luego me pregunta si soy experta en cetáceos.

Le aclaro que soy comadrona.

—¿Y cuántos partos has asistido ya?

Ni siquiera tengo que calcularlo porque justo ayer hice la cuenta.

—El viernes acogí en mis brazos al bebé número 1.922.

Nada ha cambiado

Saco de la estantería la autobiografía de Mary Seacole, *Wonderful adventures of Mrs. Seacole in many lands*, publicada en 1857, y me la llevo a la cama.

Paso mucho tiempo junto a mis parturientas y, cuando el nacimiento del bebé se retrasa, suelo acompañar la espera leyendo un libro. Casi siempre de poesía. Si me preguntan cuál es, les muestro la portada. A veces me piden que les lea algún pasaje en voz alta y yo accedo a su petición. Un día, mi jefa me llamó a su despacho porque un hombre se había quejado de que le había leído a su esposa un poema sobre el dolor causado por la pérdida de un hijo.

—Sería alguno de Anna Ajmátova —le dije—. Perdió a un hijo en las purgas de Stalin. A muchas mujeres les reconforta saber que no son las únicas que sufren.

Entonces me acordé de una mujer que una vez me pidió expresamente que le leyera un poema sobre la muerte.

Le pregunté por si acaso:
—¿Estás segura?
—Completamente.
Y le leí:

La muerte no es nada,
no cuenta.
Solo me he escapado a la habitación contigua,
nada ha cambiado.

Pensándolo bien, podría haberle dicho a mi jefa que la esencia de buena parte de la poesía reside en la soledad y la futilidad de la vida. Recuerdo lo que dijo un día tía Fífa junto a la ventana, con una taza de café en la mano: *El hombre viene al mundo desnudo y trata de darle un sentido a su vida.* Dejo el libro en la mesilla y, al tirar de la cuerda para apagar la lámpara, oigo el tintineo de los flecos de perlas que cuelgan de la pantalla.

Noche, ya puedes venir.

Y que luego vuelva la luz.

II. Zoología para principiantes

Dan a luz a caballo sobre una tumba.

Samuel Beckett

Lo más difícil es acostumbrarse a la luz

Busco algún rayo de sol que se filtre por la ventana. Todavía es noche cerrada.

Meto unas rebanadas de pan en la tostadora y enciendo la radio. Están entrevistando a un hombre que explica que los agujeros negros son regiones del espacio que absorben toda la luz y engullen toda la materia sin que nada pueda escapar de ellos. Según el experto, su naturaleza es tan extraña que ponen en tela de juicio todas las ideas admitidas hasta ahora por la ciencia. Incluso llegan a echar por tierra nuestra actual concepción del tiempo y el espacio.

Me termino el café y apago la radio.

En el fondo del armario donde cuelgan los vestidos de tía Fífa, mi tía abuela dejó una enorme y pesada caja de cartón de plátanos Chiquita. Consciente de que contenía un montón de documentos, fui posponiendo el momento de abrirla para examinarla. En una de mis últimas visitas al hospital, tía Fífa me acarició el dorso de la mano y me dijo:

—Cuídame bien la caja.

En aquel momento no entendí a qué se refería.

No la abrí hasta un año después de su muerte.

Lo primero que vi fue un sobre de color marrón claro que contenía más de doscientas páginas mecanografiadas. En la primera hoja se leía el nombre de mi tía abuela y un título en mayúsculas: *VIDA ANIMAL.*

Subtítulo: *Estudio sobre las aptitudes del animal humano*. Me bastó echarle una simple ojeada para constatar que se trataba del manuscrito de un libro. La obra comenzaba con un prólogo en el que la autora, es decir, mi tía abuela, se presentaba. *He asistido partos en los días más cortos y más largos del año, con el sol en lo más bajo y en lo más alto del cielo. Han sido un total de 5.077 bebés: 2.666 niños y 2.411 niñas. A todos les tricoté alguna prenda, bien fuera un gorro o un jersey, aunque también leotardos y pantalones. La mayoría en amarillo y verde claro, los colores del sol y de la hierba incipiente. Por lo general, gastaba tres o cuatro ovillos en cada bebé.*

El prólogo concluye con las siguientes palabras: *Dicen que el hombre nunca se recupera de haber nacido, que la experiencia más dura de su vida es venir al mundo. Y que lo más difícil es acostumbrarse a la luz.*

Seguí revisando la caja y enseguida descubrí que el manuscrito venía acompañado de otros dos. Me quedé perpleja al ver que los tres estaban escritos a máquina. Como en el caso de *VIDA ANIMAL*, en ambos figuraba el nombre de mi tía abuela y un título. El primero se llamaba *LA VERDAD SOBRE LA LUZ* (en el margen había anotados dos títulos alternativos que también debió de barajar: *Reflexiones sobre la luz* y *Mis memorias sobre la luz*) y, el segundo, *AZAR*. Cada uno venía precedido de un prólogo y, al principio, di por hecho que se trataba de tres obras distintas. Sin embargo, a medida que fui pasando las páginas me di cuenta de que, así como los tres giraban en torno a los mismos temas, también guardaban asombrosas diferencias. Lógicamente, me pregunté si no serían tres versiones o borradores de un mismo libro. *Culmina mi trabajo*, me había dicho un día tía Fífa. En ese momento pensé que se refería a su labor de comadrona. Hoy no estoy tan segura.

He tenido que asaltar la caja en varias ocasiones e invertir una buena cantidad de tiempo para poder revisar las más de setecientas páginas mecanografiadas.

Mi hermana se ha mantenido al margen, pero ha ido observando mis progresos. Llama «eso» a los documentos, y me pregunta de vez en cuando: ¿Ya has terminado de revisar eso? ¿Quieres que te ayude a seleccionar? O bien: ¿Aún sigues excavando? Y añade: Podrías llevarlo todo al departamento de manuscritos de la Biblioteca Nacional para que los tengan guardados bajo llave en el sótano durante cincuenta años y asunto arreglado.

La primera vez que me preguntó de qué trataban los manuscritos, no supe qué contestar.

—No sé —fue lo primero que dije.

—¿No tienes ni la menor idea?

—Es difícil de explicar. No se parece a nada que haya leído antes.

—Pero ¿son recuerdos? ¿Algo parecido al libro de las comadronas?

—La verdad es que no. El contenido es una mezcla de muchas cosas.

Reflexioné antes de continuar.

—Creo que intenta comprender al ser humano.

—¿Comprender en qué sentido?

—Su impotencia.

—¿No cree en él?

—Es difícil de decir.

—Ya veo.

—Aún no he terminado de revisarlo todo —concluí.

Lo que más me trae de cabeza es el estilo o, mejor dicho, la falta de estilo. Porque no solo hay notables diferencias entre los manuscritos, sino también entre los capítulos de un mismo manuscrito e incluso los párrafos de un mismo capítulo. Tanto es así que parecen haber sido escritos por diferentes autores. Algunos pasajes recuerdan a un libro de texto por su tono seco, conciso y académico, mientras que otros tienen un aire más elevado y solemne, por no decir «bíblico». Hasta incluye algunos diálogos escenificados, como en la época de la Ilustración del siglo XVIII. Tía Fífa tampoco parece preocuparse mucho de mantener la más mínima estructura lógica o tensión narrativa. Le importa poco la concatenación de ideas. Y esa falta de cohesión, esa ausencia de puentes que enlacen unas reflexiones con otras, no me ha facilitado precisamente la labor de revisión. «Incoherencia» y «fragmentación» fueron las primeras palabras que me vinieron a la cabeza. No obstante, como bien señala mi tía abuela, la forma no está reñida con el contenido: *Una cosa no lleva necesariamente a la otra. Al fin y al cabo, el mundo es un lugar disgregado donde el hombre solo ve fragmentos de fragmentos.* Por otro lado, los títulos de los capítulos tampoco dan ninguna pista acerca de su contenido, sino más bien todo lo contrario. Algunos son tan vagos que podrían interpretarse de cualquier manera, como el titulado «Lo que sé», o el capítulo más largo de *Azar*, que lleva por título «Otras cosas».

Los manuscritos también están repletos de pasajes, párrafos y frases sueltas que no guardan ninguna relación con el resto de la obra. Si lo pienso, su modo de escribir refleja de manera asombrosa su forma de hablar, su continua tendencia a divagar. Era una especialista en soltar frases inesperadas como: *Primero la luz y luego la oscuridad. Primero el día y luego la noche. Ese es el orden de las cosas.* O bien: *El centro del mundo está en el lugar donde nos encontramos en cada momento, pequeña Dýja.* O también: *Te darás cuenta de que los humanos dicen sí cuando quieren decir no. Y viceversa: dicen no cuando quieren decir sí.* Me suena que una vez me habló de un agujero negro que había en medio del universo. Creo que sus palabras fueron algo así como: *En medio del universo hay un agujero negro. Y, en medio de ese agujero, hay luz.* Yo no siempre entendía todo lo que me decía. En todo caso, no en aquel entonces.

A veces me daba la impresión de que aquellas frases eran la conclusión o la síntesis de alguna profunda reflexión, un poco como si expusiera el resultado de una larga y tediosa operación matemática.

Lo que más me sorprende es su ingenio para pasar de lo pequeño a lo grande en un mismo párrafo. Tan pronto habla de la hoja de árbol o de un punto de cruz como de los millones de años luz que separan las estrellas de una misma constelación. Se podría decir que no distingue entre lo diminuto y lo inmenso, entre lo principal y lo accesorio. O más bien que, en su cabeza, lo pequeño *era* grande, y lo grande, pequeño. Que se aferraba a la firme creencia de que, en última instancia, todo estaba conectado. *El ser humano termina por comprender que todo está conectado*, escribe en *Azar*. No importa que la estructura se enrede como las raíces de un árbol o parezca un laberinto subterráneo lleno de corredores secretos y bifurcaciones porque, al final, todos los caminos vuelven a encontrarse. (No puedo sino pensar que el concepto de azar es el que mejor define la organización y la estructura de sus manuscritos). Según he contado, esas tres palabras, *todo está conectado*, aparecen en más de trescientas ocasiones, en muy distintos contextos. Cuando tía Fífa se mete en algún embrollo epistemológico, lo resuelve diciendo que *todo está conectado*, una frase que hace las veces tanto de argumento como de conclusión: *todo está conectado*. Cuando le anuncié que había dejado la teología para hacerme comadrona, me dijo:

—El ser humano termina por comprender que todo está conectado, pequeña Dýja.

Chiquita

La primera vez que mi hermana me preguntó qué pensaba hacer con los manuscritos, le respondí que no lo sabía.

Sin embargo, es evidente que tía Fífa tenía la intención de publicarlos. La prueba se halla en la caja de plátanos Chiquita, donde encontré una carta que le había enviado un editor. Tras darle las gracias por haberle hecho llegar su propuesta, escribe: *Ciertamente, nos parece un manuscrito original, pero lamentamos comunicarle que la excesiva disparidad de los temas tratados nos impide considerar su publicación.*

La carta está fechada en octubre de 1988, pero el editor no especifica a qué manuscrito se refiere. Me inclino a pensar que se trata de *Vida animal. Estudio sobre las aptitudes del animal humano*. El autor de la carta emplea un tono cariñoso y es evidente que se ha esforzado en rechazar su propuesta con la mayor delicadeza posible. Primero se disculpa por haber tardado tanto en responder, un retraso *excesivo*, dice, pero el manuscrito había quedado *enterrado* bajo una pila de textos y la revisora se encontraba de baja por maternidad. De la carta también se deduce que mi tía abuela se había pasado por la editorial en algún momento, puesto que el editor le agradece su visita. Al final menciona que, a la vista de las nubes negras que se ciernen sobre el mundo editorial, ha tenido que cancelar la publicación de algunos libros. El hombre se dirige a ella con amabilidad, supongo que por su edad, pero puedo leer entre líneas que se vio en dificultades para describir el manuscrito. Algo me dice que, con el adjetivo *original*, en realidad, quería decir *desconcertante*, e incluso *sin pies ni cabeza*. En el reverso de la carta, tía Fífa anotó un comentario en bolígrafo azul: *Descontentos con la estructura*.

Casualmente, mi vecina de abajo trabaja como editora en una pequeña editorial y un domingo por la mañana le hablé de los manuscritos. Yo volvía del turno de noche y ella estaba en el jardín trasero, retirando la nieve de los cubos de basura. Todavía no había salido el sol y el resplandor azulado del televisor de su casa indicaba que sus hijos estaban viendo la programación infantil.

Cuando le advertí que los manuscritos eran algo inconexos, me dijo que hoy la gente estaba más abierta a lo caótico y desestructurado que hace treinta años, lo cual a veces no hace sino dar alas a la *falta de gusto*. Aparte, un buen editor puede hacer maravillas y es capaz de tender puentes entre las temáticas más dispares hasta levantar lo que ella llamó la *columna vertebral* de la obra.

—O sea, su esencia —aclaró.

Me dijo que una editorial tan modesta como la suya no contaba con medios para publicar una obra tan poco convencional, pero me recomendó que hablara con otros editores. Sin embargo, primero debo tener claro quiénes son los potenciales lectores. Y también tengo que saber qué manuscrito proponer. Una opción es enviarlos todos y dejar que el editor seleccione lo más interesante de cada uno.

Aparte de la carta del editor, que no especifica a qué texto hace referencia, no dispongo de ningún dato que me ayude a conocer el orden cronológico de los manuscritos. Supongo que el proceso de escritura duró años, incluso décadas, hasta el fallecimiento de tía Fífa, en 2015. El manuscrito más acabado de todos es *Vida animal*, y ciertos elementos invitan a pensar que también es el más antiguo. El capítulo más largo lleva por título «El hombre es un mamífero bípedo», pero una nota garabateada en el margen indica que también consideró titularlo «¿En qué aventajan al hombre otros animales?». Tal y como sugiere la pregunta, el capítulo está dedicado a comparar al mamífero hombre con otros miembros del reino animal. Comienza con la siguiente frase: *El hombre madura más despacio que otros animales.* El capítulo recoge un análisis de los aspectos en que otras especies son superiores al hombre y las conclusiones de mi tía abuela se mueven siempre en la misma línea: en la mayoría de cualidades, el hombre se halla muy por detrás de otros animales, pero sobre todo en lo que respecta al desarrollo de su progenie. El término que más emplea para referirse al hombre es «mamífero». Cuando se lo mencioné a mi hermana, me dijo que no era de extrañar, vista su profesión. En todo caso, la intención del capítulo es comparar las habilidades de algunos animales con las del hombre. *Los corderos y los potros se aguantan de pie desde su nacimiento* —escribe—, *mientras que el niño humano suele tardar doce meses en dar tres pasos seguidos con sus torpes piernas.* Y continúa: *Al niño humano le cuesta dos años adquirir un léxico de quince palabras. En ese tiempo, una gata ya ha tenido al menos una camada. Más adelante, el hombre aprende palabras como «peciolo» y, mucho más adelante, otras como «causa», «libertad» y «arrepentimiento», aunque nada nos dice que alguna vez reflexione sobre su significado.*

Tanto las abejas como las arañas ejecutan danzas complejas, igual que también bailan los pájaros —prosigue—, *pero al hombre le cuesta dos años aprender a saltar a la pata coja, es decir, el mismo tiempo que tarda en aprender a inspirar y espirar de forma coordinada para tocar la armónica.* Sin embargo, al final del capítulo hay una frase que me desconcierta porque parece estar en disonancia con el resto: *Los bonobos, como los humanos, practican sexo para hacer las paces.*

Más frágil que un jarrón de porcelana, que un huevo de pájaro, que lo más frágil de lo frágil

Aunque el hombre goza de una *vista aceptable*, tía Fífa enumera una serie de animales que cuentan con una agudeza visual superior, así como con estructuras oculares de mayor complejidad. Por ejemplo, el ojo del águila tiene incorporado un *zoom* que le permite detectar presas a kilómetros de distancia. Sin embargo, el animal que mejor ve del planeta es un tipo particular de langosta (primero dice que es una langosta, pero luego habla de cangrejo). El texto comienza con unas palabras dedicadas a las limitaciones del hombre, entre ellas su incapacidad para ver en la oscuridad. Después, tía Fífa elabora una lista de animales que cuentan con una extraordinaria visión nocturna, como los búhos en el cielo y los tiburones en las profundidades marinas. Luego continúa con el sentido del oído y afirma que hasta los *insectos más sordos* pueden oír mejor que el hombre. Y así analiza un sentido tras otro. El hombre también posee un olfato más deficiente que la mayoría de los animales y cita, entre otros muchos ejemplos, que la capacidad olfativa de los perros pastores islandeses supera con creces la de sus dueños. El hombre *se pasa la vida bebiendo café y orinando*, mientras que el camello puede sobrevivir en un desierto durante días sin beber ni una sola gota de agua. En cuanto a su sentido de la orientación, el hombre *se contenta con saber cómo ir a la tienda de la esquina, mientras que el charrán ártico, esa gloria de los cielos, es capaz de volar de un polo al otro con sus alas ligeras, un prodigio de la naturaleza*. Por su parte, los elefantes pueden percibir movimientos a quince kilómetros de distancia gracias a las almohadillas de sus patas, y el mayor mamífero del planeta, la ballena azul, puede detectar un submarino a decenas de kilómetros y causar interferencias en su sistema de comunicación. *En realidad, el hombre debería pasar su vida entera admirando a tan fascinantes criaturas*. Cuanto más avanzan las páginas, más convencida se muestra de que el hombre es inferior al resto de los animales. Al final de su capítulo sobre el mamífero bípedo, concluye que un humano recién nacido es *tan frágil como el ala de una mosca. Solo con que su pequeño cuerpo se escurra de las manos nerviosas de su padre (que a veces apesta a alcohol) la luz se apaga de inmediato. He observado que quien se denomina «el rey de la creación» no es sino el más vulnerable de todos los animales del planeta, la especie más frágil, más que un jarrón de porcelana, que un huevo de pájaro, que lo más frágil de lo frágil.*

Y se expresa en los mismos términos en una carta que le envió a su amiga de Gales:

El animal más vulnerable de la tierra nunca llega a recuperarse de haber nacido.

La segunda mitad del capítulo de *Vida animal* titulado «El hombre es un mamífero bípedo» está dedicado al tamaño del cerebro. Tía Fífa tiene mucho que decir al respecto. *En relación con el resto del cuerpo, el cerebro humano es cinco veces más grande de lo que debería* —escribe—. *Su tamaño explica que el hombre se inquiete por cosas como el mañana o por no sentirse amado. Por sentirse solo. O incomprendido.* En este aspecto, resulta curioso que, a pesar de la evidente superioridad de las otras especies, tía Fífa considere que los puntos débiles del hombre sean también sus puntos fuertes. *El volumen de su cerebro es también el responsable de que al hombre se le ocurran todo tipo de ideas para resolver problemas.* El capítulo dedicado a las carencias del hombre comienza con las palabras *A falta de alas con las que poder volar, el hombre construye aviones.* Del mismo modo, otras *imperfecciones* lo han llevado a inventar *la electricidad, las vacunas, la plancha y el ordenador* (tía Fífa añadió a bolígrafo la palabra «ordenador» después de haberse comprado uno). Según ella, la cualidad más positiva del hombre es la impredecibilidad de su comportamiento, una facultad que le permite sorprenderse a sí mismo, algo que no pueden hacer el resto de especies. Por ejemplo, los humanos pueden ponerse a saltar a la pata coja o hacer el pino en cualquier momento y sin motivo aparente. *Lo más asombroso de todo es que, a menudo, el hombre desconoce las razones por las que hace las cosas. Es un rebelde. Y un proscrito.*

A nadie le sorprende que, en su opinión, el don más notable del ser humano sea su capacidad de escribir poesía. O, más bien, de sentirse un *pez atrapado en una red de palabras* o de pensar que *nuestras palabras son una red para capturar el viento.* También escribe: *Y tu sangre fluye, ciega, pesada, sin aliento.*

De hecho, el manuscrito incluye cuatro páginas de referencias poéticas, entre ellas algunos de sus poemas y versos favoritos. *Y ahora pasemos a hablar del lenguaje*, escribe al final del capítulo. Lo cual no es sino otra muestra de lo desconcertante de su discurso, porque luego no dice ni una sola palabra sobre el tema.

En el ámbito de lo sentimental, tía Fífa parece pensar que el hombre todavía es un cavernícola:

Sin embargo, en materia de sentimientos, el hombre se halla indefenso y no dispone más que de un taparrabos para protegerse. O ni siquiera eso: está tan desnudo como al nacer. No entiende por qué siente lo que siente.

Tiempo futuro

Cuando mi hermana me preguntó si los manuscritos hablaban también sobre partos, le expliqué que tía Fífa se limitaba a decir que *el hombre nace y muere*. En ese sentido, sigue la línea de sus antepasadas comadronas y no dedica ni una palabra al propio proceso de dar a luz. *Nadie recuerda su nacimiento y, hasta la fecha, nadie ha podido hablar de la muerte desde su propia experiencia* —escribe—. *En cambio, se ha escrito mucho sobre el fallecimiento de otras personas. Lo cual no hace sino poner de manifiesto sus miedos.*

Las cartas que se escribió con Gwynvere me permiten deducir qué cuestiones investigaba mi tía abuela en cada momento. En muchas de ellas, las dos amigas discuten sobre la muerte e intercambian reflexiones sobre distintas escenas de agonía recogidas en la literatura. Los borradores de tía Fífa revelan que, para ella, el matrimonio causó la muerte de un buen número de personajes de las sagas islandesas. Por su parte, su amiga galesa escribe extensas disertaciones sobre la muerte de Lavinia en *Tito Andrónico*, la de Anna en *Anna Karénina*, y la de Aliona Ivánovna en *Crimen y castigo*.

El capítulo «A todos los niños que he ayudado a venir al mundo», uno de los últimos de *Vida animal*, confirma los rumores de que mi tía abuela hablaba con los recién nacidos. El texto se dirige a ellos y comienza así: *Bienvenido, hijito. Tú eres el primer y último tú del mundo*. A continuación, enumera veintinueve experiencias vitales que les esperan. Cada punto de la lista comienza con un verbo en tiempo futuro:

1. Compartirás el mundo con el resto de animales terrestres, los pájaros del cielo, los peces del mar, los árboles y las montañas.

2. Sentirás el sorprendente deseo de acumular y poseer cosas que no necesitas.

3. Darás por hecho que las cosas ocurrirán de una manera, pero luego ocurrirán de otra. Son caprichos del azar.

4. Sospecharás del prójimo y temerás que pueda perjudicarte.

—¿Y no dice nada sobre las preocupaciones, las ilusiones, los anhelos y los miedos? —me preguntó una vez mi hermana.

—No de forma explícita —le respondí.

Sin embargo, el último punto de su monólogo dirigido a los niños que ha ayudado a venir al mundo me ha dado mucho que pensar, pues es una de las pocas frases en las que aborda de lleno las cuestiones del corazón.

29. Sufrirás rechazo y desamor, y entonces sentirás arder en tu pecho un fuego tan devastador que te impedirá tragar.

He buscado por toda la casa cualquier pista sobre su pasado amoroso, pero apenas he encontrado nada. Sin embargo, curioseando los libros de su biblioteca, descubrí una nota metida entre las páginas de *Flora Islandica*. Contenía dos frases escritas a mano que se alternaban entre sí y se repetían un total de siete veces.

Te espero.

No te espero.

Daba la impresión de que hubiera estado comparándolas para saber con cuál quedarse. Le pregunté a mi madre, pero me confesó que no sabía nada. Aunque su respuesta exacta fue: Las personas que me rodean nunca cuentan nada.

También le mencioné el vigésimo noveno punto a mi hermana, que aprovechó la ocasión para hablarme de mi cuñado.

—A veces pasan cosas que no habríamos podido imaginar —me dijo.

—¿Como qué?

—Sigurbjartur.

—¿Qué ocurre con él?

—Ayer tuvimos una larga conversación.

Poco tiempo atrás me confesó que había notado un cambio en su marido.

—Tengo la sospecha de que alguien le ha echado el ojo en el trabajo. Y de que él se ha dado cuenta y le gusta.

—Te darás cuenta, pequeña Dýja —me dijo una vez tía Fífa—, de que las cosas que no suceden importan tanto como las que sí suceden.

Cuanto más trato de reconstruir la vida de mi tía abuela, más preguntas me asaltan.

Me despierto en el día más corto del año, la noche más larga de los tiempos.

Aún falta hasta que la luz disipe las tinieblas y el mundo cobre forma. Escucho los sonidos de la casa y me parece oír unos pasos en el ático. Salgo de la cama y abro las cortinas. El cementerio está envuelto en un manto de niebla gris. Un avión sale de una nube y se mete en otra. Da la impresión de que hoy el sol no va a renacer.

Mientras me dirijo a la cocina, oigo que alguien sube las escaleras del inmueble a paso ligero y, un instante después, llaman a la puerta. En el rellano aparece Vaka, mi compañera de trabajo, y me explica que ha accedido al edificio aprovechando que entraba un hombre que iba al ático. Me tiende una bolsa de papel de la panadería, aparta dos cojines y se sienta en el borde del sofá de terciopelo. La primera vez que vino a casa no pudo disimular su sorpresa ante mi peculiar mobiliario. De hecho, esas son las palabras que utilizó:

—Tienes un mobiliario muy peculiar.

Ahora me mira con gesto grave. Esta noche ha asistido el parto de una niña que ha nacido tres meses antes de término.

—Ha venido al mundo demasiado pronto.

Y pienso que en ocasiones los niños se hacen esperar y se retrasan unas semanas, mientras que otras veces nacen antes de tiempo, diminutos, con los dedos de los pies del tamaño de un guisante y un entramado de venas azules bajo su piel blanca, tan fina como el papel de arroz.

—La pobre no estaba lista todavía —continúa mientras se coloca un cojín detrás de la cabeza e inclina la espalda hacia el respaldo.

—Voy a hacer café —digo antes de meterme en la cocina para llenar una cacerola de agua y encender la placa.

Hay casos de niños que nacen y mueren en cuestión de un minuto. Su corazón llega a dar unos pocos latidos, pero luego su pulso se desvanece y la luz se apaga.

Dejo dos tazas sobre la mesa y unto mantequilla en los panecillos que ha traído.

—¿Y ha sobrevivido? —le pregunto.

—Sí, la han trasladado a la unidad de neonatos.

Mi compañera levanta una de las tazas, la examina por todos lados y sus labios se mueven levemente antes de decir:

—La clásica vajilla de Hjörtur Nielsen.

Se queda un rato en silencio masticando su panecillo y continúa hablando:

—Me he enterado de que perdiste un bebé en el parto.

—Sí, un niño.

—¿Hace mucho?

—En julio hará dieciséis años.

—¿A término?

—Sí.

Cuando alguna parturienta me pregunta si tengo hijos, le digo que no.

Si la pregunta fuera: ¿Has traído a algún niño al mundo?, respondería: Estuve a punto de ser madre.

Vaka da un sorbo al café, recoge las migas de la mesa y las deja en su plato antes de decir:

—Hace dos noches tuve un sueño de lo más extraño.

Titubea unos segundos antes de contármelo:

—Soñé que me dejaban sola a cargo de seis bebés, todas niñas. Se suponía que debía darles de comer, pero solo había una trona en la mesa.

En la maternidad solemos comparar nuestros sueños y, al parecer, muchas comadronas sueñan que están dando a luz. O bien sueñan con bebés recién nacidos. Tía Fífa se sabía todas las interpretaciones: soñar con tener un hijo auguraba felicidad a las mujeres casadas, pero problemas a las solteras; ver caer a un niño presagiaba algo malo, mientras que ver a uno volar anunciaba algo bueno; un niño llorando era pronóstico de buena salud; uno corriendo vaticinaba alguna calamidad; uno caminando significaba libertad y ver a un montón de niños era sinónimo de dicha. Los niños desamparados, sin embargo, advertían de inminentes dificultades.

—Podría significar que te abruma la responsabilidad —le digo.

Pienso también en el estrés que le suponen las labores de rescate. Una vez, Vaka se había pasado todo el fin de semana buscando a un turista y, cuando llegó al trabajo el lunes por la mañana, me contó que, al amainar la tormenta, lo habían encontrado cerca de una colina donde se había refugiado del viento.

—Estábamos convencidos de que no buscábamos a una persona viva —añadió.

Sirvo más café.

—A las mujeres les digo siempre que escuchen sus cuerpos, tal y como nos enseñaron en clase. Pero ¿escucha el cuerpo a las mujeres? —se pregunta.

Respira hondo antes de responderse a sí misma:

—Pues no, no lo hace.

Bebe de la taza.

—Casualmente —continúa—, hace nada consulté cuántas mujeres mueren cada día durante el parto.

—¿Quieres decir en todo el mundo?

—Sí, en todo el mundo.

Baja la mirada.

—Ochocientas treinta —anuncia.

Levanta la cabeza y me mira.

—Como si se estrellaran cuatro aviones de pasajeros cada día.

Titubea de nuevo.

—Solo que eso saldría en las noticias —concluye.

—No lo dudes.

Se levanta, se dirige a la ventana y se detiene unos instantes.

Una nube surca el cielo a toda velocidad.

La niebla se ha levantado por fin del cementerio y en el horizonte se vislumbra una franja azulada que se expande lentamente. Las montañas se alinean en la distancia, cubiertas de blanco.

Entonces recuerdo que Vaka acaba de mudarse a un apartamento con una amiga suya del equipo de rescate y que el otro día mencionó que les faltaban muebles.

Voy directa al grano.

—¿No necesitabas un sofá?

Se gira hacia mí.

—Estoy pensando en despejar un poco la casa —le aclaro.

Mira a su alrededor y me confirma que necesita un sofá.

—¿Te hace falta algún mueble más?

Cuando echó un vistazo a la casa la primera vez que vino, se quedó embelesada con el mobiliario de teca. Ahora se da otra vuelta por el apartamento.

—¿Estás segura? —me pregunta.

—Del todo. Llévate lo que quieras.

Se aclara la garganta.

—Dime qué cosas no echarás de menos.

Al final elige el sofá que, según mi hermana, parece un cielo invernal cargado de lluvia, la cama de matrimonio de mis abuelos, que está desmontada y metida en un rincón del salón (tiraron los colchones) y un juego de mesas y sillas que también era de mi abuela. Luego la animo a que sume al lote un sillón y una mesita.

Tras hacer un par de llamadas, me informa de que el equipo de rescate le va a dejar un remolque y que dos de sus compañeras vendrán después para ayudarla a transportarlo todo. Pero antes quiere ir a casa para descansar un poco.

Huevos

Estoy al teléfono con mi hermana.

—¿Ya se ha pasado el electricista por tu casa? —me pregunta.

—Sí.

—¿Y qué te ha dicho?

—Que estoy enchufando a la corriente aparatos en mal estado y que a mi piso le falta luz por todas partes. Que esto parece la casa de una anciana ciega.

Entonces se me ocurre un posible regalo de Navidad.

—Podrías regalarme una lámpara —le digo.

Satisfecha con la información, ahora quiere saber qué tipo de lámpara.

—¿De pie o de mesa?

—Cualquiera de las dos.

—O sea, que te hacen falta dos lámparas.

—Se podría decir que sí.

Dice que se lo comunicará a mamá.

—¿Tienes pensado hacer reformas? ¿Vas a quitarte cosas de encima?

Le explico que hace un momento he dado uno de los sofás y algunos muebles.

—A Vaka, mi compañera de trabajo —especifico.

—¿La del equipo de rescate?

—Sí.

Le parece una gran noticia.

Luego cambia de tema y me pregunta si ya he averiguado de dónde es el turista del ático.

—De Australia, tal y como pensabas.

—¿Está huyendo del calor?

—No sé, no me lo comentó. El otro día le enseñé a poner la lavadora y me dijo que estaba reflexionando.

Le parece curioso que un hombre vuele diecisiete mil kilómetros solo para reflexionar.

—¿Y no te dio más explicaciones?

—No.

Se hace un breve silencio al otro lado de la línea.

A continuación, me pregunta si necesito huevos.

—No, casi no he tocado los que me trajiste la semana pasada.

Mi hermana suele comprarle huevos a una amiga suya que tiene gallinas de raza islandesa y, de vez en cuando, me trae una docena.

—¿Le explicaste al turista el pronóstico del tiempo?

—No, se me olvidó.

Las previsiones han empeorado desde ayer. En lugar de anunciarse la borrasca más profunda que ha pasado por Islandia en los últimos setenta años, ahora es la más profunda de los últimos cien. Solo queda por saber el momento exacto en que llegará al país, si lo hará durante la cena de Nochebuena o más tarde, a lo largo de la noche.

—¿Crees que igual habría que posponer la cena? —le pregunto.

—Pues sí, a lo mejor habría que pasarla al día siguiente y cenar juntos en Navidad.

Quiere considerar esa posibilidad.

—La tormenta ya debería haber amainado para entonces —añade.

—Hago tres turnos de noche seguidos, así que no puedo de todos modos, lo siento.

—La última borrasca fue una balsa de aceite comparada con la que nos espera después del fin de semana —concluye mi hermana.

No obstante, aquella «balsa de aceite» había reventado ventanas y se había llevado volando un establo en el sur del país. A mi hermana no dejaba de sorprenderle la cantidad de gente que todavía no había guardado las camas elásticas en pleno mes de diciembre.

La oscuridad hace invisible el mundo

Llamo a la puerta del ático y el turista abre. Lleva puesta una camisa.

—Quería avisarte de que la previsión del tiempo es realmente mala. Se espera una fuerte tormenta pasado el fin de semana.

Se ha abrochado mal los botones y lleva la camisa torcida. Parece un niño que se ha vestido solo.

—Se anuncian vientos huracanados —añado para enfatizar.

—¿Peores que los de ayer? ¿Más fuertes todavía?

Reflexiono unos segundos. Ayer no hizo mal tiempo. Solo sopló un leve viento del noreste que levantaba tranquilamente la nieve de la calle. Es decir, el tiempo ideal para meterte en el jacuzzi de la piscina y dejar que tu cuerpo flote, envuelto en una espesa nube de vapor.

—Se espera una tempestad fuera de lo común —insisto una vez más antes de hacerle un resumen del parte del tiempo.

Entonces me acuerdo de que el ático tiene un pequeño balcón con una barbacoa que el dueño usa de vez en cuando para cocinarse cordero a la brasa y hace que el humo se meta por las ventanas de los vecinos. La empleó por última vez hace unos días. Me pregunto si no debería advertirle de que las autoridades están pidiendo a la población que guarden en el interior de sus casas todos los objetos que tengan en jardines y balcones.

Sin embargo, solo le digo que, tras la tempestad, suele venir la calma.

—En todo caso, el tiempo no va a invitar a hacer muchas actividades al aire libre —concluyo.

No obstante, aún tiene tres días y medio para hacer turismo, lo que parece ser su plan, porque en ese momento entra en casa y vuelve desplegando un mapa.

Me señala algunos lugares que está pensando visitar y me pregunta si merecen la pena.

Reflexiono.

—El problema es que los días son muy cortos.

Estoy por decirle simplemente que el día termina poco después de haber empezado, pero decido expresarme de otra manera: El sol sale por el horizonte justo antes del mediodía y se esconde alrededor de las tres. El amanecer se prolonga durante toda la mañana y, tres horas después de haber empezado a clarear, vuelve a hacerse de noche y el sol se hunde poco a poco en el océano.

Se lo resumo:

—No tienes más que unas pocas horas para verlo todo.

Cuando vuelvo a casa, me viene a la cabeza el extraño comentario que hizo el electricista mientras empezaba a bajar las escaleras después de su visita: Nadie sabe exactamente qué es la luz. Se puede medir, pero no entenderla.

¿Es un imperio esa luz que se apaga o una luciérnaga?

En una carta de hace treinta años, mi tía abuela le explica a su amiga que está trabajando en un proyecto que es *una especie de estudio sobre la luz*. Por lo visto, concibe la estructura de su obra como un círculo *de luz eterna* bajo el cual *brilla el tiempo*. Entre descripciones de atardeceres y amaneceres, tanto en el pueblo galés de Blaenhonddan como en la calle Ljósvallagata, las dos amigas intercambian en muchas de sus cartas una serie de consideraciones sobre la luz. *Estoy tratando de entender* —escribe tía Fífa en una de ellas— *los mecanismos que hacen que la luz se encienda y se apague*.

Una de las últimas cartas de Gwynvere, escrita veinte años después de que su amiga islandesa le contara que había comenzado a investigar la luz, permite deducir que, durante un tiempo, tía Fífa planeó poner por título *La madre de la luz* al manuscrito que finalmente llamó *La verdad sobre la luz*. A Gwynvere le gusta el título y aprovecha para explicarle que *Gwyn*, la primera mitad de su nombre, procede de la palabra galesa que significa «blanco» o «luminoso».

Mi hermana me ha preguntado si podría usar las cartas para datar los manuscritos y ordenarlos cronológicamente, pero no es tan sencillo, porque, por un lado, en los borradores no figura ninguna fecha y, por otro, tía Fífa mezcla todos los temas que investiga en cada una de sus cartas. Además, la luz *que se abre paso en el mundo* permea todos sus textos y a menudo aparece en lugares inesperados. Por ejemplo, en *Vida animal* puede leerse la frase *La historia del hombre es la historia de un millón de fragmentos de luz*.

Como en el caso de los otros dos manuscritos, *La verdad sobre la luz* tan pronto adopta un aire poético, incluso profético, como científico. El prólogo es un claro ejemplo de su peculiar manera de explicarse. Comienza con una serie de disquisiciones en torno a lo que ella llama *la dualidad del fenómeno* (más tarde habla de su *doble naturaleza*) y se pregunta si la luz es una onda o una partícula, o ambas cosas a la vez. A continuación, cita a Jorge Luis Borges y lanza una pregunta: *¿Es un imperio esa luz que se apaga o una luciérnaga?* Seguidamente, indica la hora a la que amanece y atardece en Reikiavik en junio y diciembre:

24 de diciembre: 11.22 (alba) 15.32 (ocaso).

21 de junio: 02.54 (alba) 24.04 (ocaso).

Y añade entre paréntesis los datos de Akureyri para el 21 de junio: 1.25 (alba) 1.03 (ocaso).

Después dice haber descubierto que la luz es mucho más compleja que el hombre y concluye su prólogo con las siguientes palabras: *He aquí mi oda a la luz, un libro sobre las tinieblas.*

También me asombra que dedique un capítulo entero a la electricidad y a la historia de la electrificación en Islandia, un proceso que atribuye a Magnús Stephensen, el primero en describir *las propiedades de la electricidad*, en 1793. Tía Fífa dedica un extenso pasaje a la evolución del término «electricidad» en la lengua islandesa: Magnús comenzó hablando de *fuerza eléctrica*, pero, más tarde, el poeta decimonónico Jónas Hallgrímsson pasaría a denominar el fenómeno *potencia eléctrica*; y, finalmente, Konráð Gíslason acuñó la palabra «electricidad» y la incluyó en su diccionario. También explica que, durante los primeros años, la tarifa eléctrica se calculaba en portalámparas. *Es decir, la gente pagaba una cuota según el número de portalámparas que había en su casa.*

¿Has llegado a alguna conclusión sobre la luz? —le pregunta Gwynvere en una de sus cartas—. *¿Has alcanzado tu objetivo?*

A juzgar por el borrador de su respuesta, tía Fífa considera que el hombre se pasa la vida encendiendo y apagando luces. *Enciende y apaga. Apaga y enciende* —escribe antes de explicar—: *Se podría comparar al hombre con un niño que juega con un interruptor sin saber muy bien qué lo impulsa a hacerlo.*

—¿Llega a comprender mejor la relación entre el hombre y la luz? —pregunta mi hermana.

—Cree que el hombre es un niño que juega con un interruptor —respondo.

Recuerdo las palabras que dijo una vez tía Fífa desde el asiento del copiloto mientras pasábamos con el coche por el barrio de Grafarvogur:

—Hay personas que albergan luz en su interior, pequeña Dýja. Otras, sin embargo, tratan de arrastrarnos a la oscuridad que llevan dentro. Aunque no tienen por qué hacerlo de manera consciente.

En caída vertical a través del instante

Vaka y sus amigas no tardan en aparecer. Primero sacan los muebles al rellano y luego los bajan hasta el portal para después cargarlos en el remolque del equipo de rescate. Una de las que han venido es su compañera de piso.

Cuando han terminado, decido vaciar una de las tres cómodas para que se la lleven también.

Me dicen que el turista del ático estaba llegando a casa y las ha ayudado a subir el sofá al remolque.

En la mesa del salón les he dejado todos los utensilios de cocina que tengo repetidos: dos cucharones, dos cortadores de queso, dos rodillos y dos salseras. También he dejado uno de los tres juegos de café que heredé con el apartamento y que estaban olvidados en el fondo de un armario.

Vaka coge uno de los platos y lo examina.

—No tendría valor para llevarme esto —confiesa mientras lo vuelve a dejar en la mesa.

—Es la joya de la corona. Diseño checo. Mi abuela tenía un juego igual.

En su último viaje, se llevan una caja llena de utensilios de cocina.

Una vez cargado todo en el remolque, el apartamento parece haberse hecho más grande. En cambio, ahora que he quitado algunos muebles, han quedado al descubierto varios desconchones de pintura y alguna que otra zona descolorida en el papel de vinilo.

—Vas a tener que pintar —sugiere mi compañera de trabajo—. Pero puedo ayudarte si quieres. Es lo menos que puedo hacer después de que me hayas dado todos esos muebles.

Le menciono la idea del electricista de tirar el tabique que separa la cocina del comedor.

—Me dijo que lo levantaron después de construir la casa —le comento.

Tras golpearlo con los nudillos, concluye que solo es cosa de soltar unos tornillos y dice que se pasará luego con un taladro.

El aguanieve ha dado paso a la lluvia, lo cual me recuerda que a veces hay goteras en el ático. Hace tres años levantaron unos andamios en la parte trasera del edificio con la intención de reparar el tejado y cambiar las ventanas del último piso. Desde entonces no se ha vuelto a saber nada de los obreros, pero los andamios siguen ahí puestos. Mi vecina de abajo, la editora, los llama cada cierto tiempo y a menudo le prometen que van a venir, pero al final siempre les acaba surgiendo algo que se lo impide. A veces pienso que mis problemas eléctricos guardan alguna relación con esas filtraciones. Entre las chimeneas de los edificios todavía está tendido el cable que conecta las antiguas antenas de televisión, y ya ha habido unos cuantos pájaros que se han chocado contra él. Por lo visto, calculan mal su trayectoria, tal vez cegados por el sol o por el reflejo plateado de la chapa ondulada que reviste el tejado. Cada vez que ocurre, primero se oye una fuerte vibración y luego el aire tiembla mientras caen. De hecho, no hace mucho se chocó un ave migratoria y cayó en picado hasta estrellarse contra el cemento del jardín trasero, junto a los contenedores de basura. Yo llegaba a casa justo en ese momento y me encontré a la vecina comprobando el estado del animal. Nos quedamos un rato observándolo, su cuerpo yacía junto a un pequeño amasijo de sangre y plumas. Tenía la cabeza decorada con un peculiar penacho de plumas anaranjadas, a modo de copete. Desconocíamos la especie. A mi vecina le parecía una extraña coincidencia que el pájaro hubiera caído a sus pies justo cuando estaba sacando la basura y, para colmo, poco después de haber terminado de editar un atlas de aves migratorias que pasan por Islandia. Guardó el pájaro en un bolso con la intención de mostrárselo a un ornitólogo que había colaborado con ella. Cuando me la volví a encontrar, me explicó que se trataba de un ave que vivía en latitudes meridionales y que nunca se había observado en nuestro país. Lo más seguro era que el viento la hubiera arrastrado centenares de kilómetros por encima del océano. E insistió en lo desconcertante que le parecía que el pájaro hubiera ido a parar precisamente ahí, tras semejante odisea, un día después de haber enviado a imprimir su atlas de aves migratorias. De haberlo sabido, podría haber añadido la especie al libro.

Ahora se me ocurre que, cuando el turista me preguntó qué se entendía por *ventoso* cuando se decía que un día era ventoso, podría haberle explicado que a veces el viento arrastra las aves por encima del Atlántico hasta hacerlas aterrizar en Islandia.

Mira, ya clarea

Cuando la dependienta de la sección de pintura me pregunta cuánta superficie voy a cubrir, le explico que tengo pensado pintar el dormitorio y el salón. Entonces me pregunta si tengo algún color en mente y le digo que blanco. Ahora quiere saber si lo prefiero *blanco roto, blanco crema, blanco frío, blanco antiguo, blanco puro, blanco seda, blanco tiza, blanco nacarado* o *blanco hueso.*

Me decanto por blanco roto.

—El blanco es el color que refleja todas las longitudes de onda de la luz —me informa mientras me observa detenidamente.

De pronto, recuerdo el empapelado de vinilo que cubre una de las paredes del salón. La dependienta me asegura que es muy fácil de quitar y me da una botella con un producto que puedo aplicar directamente sobre el papel. Luego solo tengo que despegarlo a tiras. Entonces se me ocurre que también podría pintar la cocina. La joven quiere saber cómo es el interior y si está alicatada. Le explico que tiene unos azulejos de color ámbar. Los pusieron en 1970, añado antes de confesar que están un poco descascarillados. La dependienta se los imagina y me recomienda que los repare pasándoles un rodillo después de haberlos limpiado con algún quitagrasas. También me aconseja pintar las puertas de los armarios, y me muestra un catálogo de colores mientras me indica que, si me interesa, puedo comprar unos tiradores nuevos en la sección de al lado. Sin embargo, al oírla hablar me da la impresión de que tiene la cabeza en otra parte, de que en cualquier momento va a cambiar de tema para decirme algo que no tiene nada que ver con pinturas o azulejos.

Cuando termina de amontonar los botes encima del mostrador, trae unas bandejas, unos rodillos y unas brochas. Me sonríe.

Le devuelvo la sonrisa.

—En marzo me ayudaste a traer al mundo a una niña de tres kilos ochocientos. Un parto de treinta y seis horas.

Titubea antes de continuar.

—Quería darte las gracias por el poema que me leíste en la maternidad. Hablaba sobre las hojas de un árbol. Recuerdo que describía las bifurcaciones de sus nervios y la forma en que la luz del sol pasaba a través de ellas.

Va a buscar un aceite especial para la mesa del comedor.

—Desde entonces he comprado tres libros de poesía y he cogido prestados algunos poemarios de la biblioteca.

Me asombra la cantidad de poetas que dedican poemas a los árboles. Salen a pasear por el bosque, se sientan un rato, se detienen bajo la frondosidad de sus copas, las ramas crujen bajo sus pies, se oye el susurro de las hojas secas, se pierden en la penumbra de la floresta, sueñan con colores otoñales, con bosques desiertos, las hojas tiemblan en el viento, se marchitan y caen.

Necesito protegerme las manos, así que también compro un par de guantes.

De camino a casa, recuerdo que, cuando terminé de leerle el poema, la dependienta me preguntó de qué árbol se trataba.

—¿No especifica qué árbol es?

—No, el autor no lo menciona.

—¿Puede que se refiera a un roble?

—Podría ser.

La verdad sobre la luz contiene precisamente un extenso capítulo en el que mi tía abuela compara la vida de los robles con la del ser humano. De hecho, las analogías entre el hombre y distintas especies vegetales ocupan un lugar central en el manuscrito. Como es de esperar, tía Fífa destaca que, en comparación con el roble, el hombre es tan longevo como una mosca. *Un roble puede llegar a vivir quinientos años, es decir, siete veces más que el ser humano. Todavía sigue en pie un ejemplar que plantaron en la campiña inglesa en la época de Isabel I. Ese anciano árbol ha sido testigo de una infinidad de guerras y epidemias que han exterminado condados enteros. Bajo las ramas de los robles se han sentado excelsos poetas para componer sonetos, se han tramado conspiraciones, se han reunido amantes y se han concebido niños, no siempre deseados.* —No puedo evitar detenerme en las palabras finales de su larga disertación sobre los robles—: *En la época en que plantaron aquel árbol, el hombre todavía no había inventado la palabra «azar» y Pascal aún no había nacido.*

Arácnido

Mi hermana me llama por teléfono cuando me queda poco para llegar a casa. Me anuncia que me ha comprado una lámpara de pie por Navidad.

—Puedes girar la pantalla y orientarla hacia las esquinas o el techo.

Luego me pregunta dónde estoy y qué estoy haciendo.

Le explico que acabo de comprar pintura y que ahora voy de camino a casa por la avenida Hringbraut.

—Voy por Grund, la residencia de ancianos.

Me pregunta si pienso ponerme a pintar tres días antes de Navidad y le digo que me van a echar una mano.

—Vaka y sus amigas del equipo de rescate se han ofrecido a ayudarme.

Me extraña que no haya mencionado todavía el parte meteorológico. Pero se lo ha guardado para el final: la previsión no deja de cambiar y se ha convertido en una verdadera caja de sorpresas.

—Ahora mismo desconocemos la verdadera fuerza que tendrá la tormenta. Podría ser más benévola de lo que vaticinan las peores predicciones o más violenta de lo que prevén las mejores.

De pronto, baja la voz.

—En todo caso, lo que está claro es que no es solo cosa de tenerlo todo guardado dentro de casa. Cabe esperar que el viento arranque los postes de la luz y que se rompa el tendido eléctrico.

Coincido con el turista cuando llego a casa con los botes de pintura y me sujeta la puerta del portal para que pueda pasar. Está calado hasta los huesos y lleva el pelo chorreando. Me cuenta que se ha ido de excursión y se ofrece a subirme uno de los botes. Cuando me pregunta si estoy haciendo reformas, le explico que voy a pintar el apartamento. Mientras subimos las escaleras, me confiesa que se encuentra a gusto en la oscuridad y que le encanta contemplar el cielo estrellado de Islandia. Me parece curioso que alguien pueda decir que *se encuentra a gusto en la oscuridad* y reparo en que el cielo lleva dos semanas encapotado, por lo que estos días no se ha visto ni un sola estrella. Luego me dice que ha encontrado una pequeña araña colgada de un hilo en el baño y que es el primer animal que ha visto desde que ha llegado.

No hace mucho leí en la prensa que en un pueblo australiano habían llovido millones de arañas y que las casas, los campos y las personas habían quedado cubiertos de telarañas.

Por lo visto, se habían producido unas fuertes inundaciones en la región y, para no ahogarse, las arañas se habían refugiado en lo alto de las plantas más grandes. Su estrategia de supervivencia había consistido en tejer una intrincada red de telarañas para luego dejar que el viento se las llevara a otro sitio.

—Si necesitas que alguien te sujete la escalera, no dudes en pedirme ayuda —me dice mientras me entrega el bote.

Me pregunto cuál será la probabilidad de que también se ofrezca a calentar unas manos frías.

Me apoyo contra el marco de la puerta y, de pronto, suena el timbre que llevaba más de un año averiado.

Conclusión

Vaka y sus amigas han retirado los muebles de las paredes, han enrollado la alfombra de rosas doradas y han dejado en la cama del dormitorio el bordado de la Virgen María con el niño Jesús. Ya casi han terminado de tirar el tabique y ahora andan ocupadas bajando a la calle las planchas de madera. Entro en la cocina para desmontar los tiradores de los armarios y saco el destornillador del cajón donde guardo las bombillas y la linterna. Después sigo el consejo de la dependienta de la sección de pintura y comienzo a pulir las puertas con papel de lija. Así se les va el barniz y la madera gana en matices.

Los rayos del sol entran en horizontal por la ventana de la cocina y proyectan un pequeño rectángulo de luz junto al calendario de la compañía marítima Eimskip. En las próximas dos horas, el rectángulo se desplazará a lo largo de la pared.

No puedo evitar pensar en tía Fífa.

—¿Cuántas personas, pequeña Dýja, mirarán por una ventana cada mañana esperando a que amanezca, o por la tarde esperando a que anochezca?

Cuando echo la vista atrás, tengo la impresión de que, con la edad, mi tía abuela se fue obsesionando cada vez más con las coincidencias. Por lo visto, se topaba con una a cada paso que daba. También me pareció entender que veía el azar como el factor más determinante del proceso evolutivo.

—Presta atención a las coincidencias, pequeña Dýja —solía decirme.

La vida del hombre está sujeta a un sinfín de casualidades —escribe en su breve y fragmentario prólogo del manuscrito *Azar*—. *La fundamental es su propia concepción, aunque también he observado que las coincidencias desempeñan un papel crucial en la mayoría de las cosas que más importan en la vida.*

Azar es también el manuscrito que más me cuesta interpretar. Por ejemplo, su último capítulo se titula «Conclusión», pero en él no se alcanza conclusión alguna. Más bien al contrario: en sus últimas líneas solo reina el caos. He tratado de explicarle a mi hermana que, según nuestra tía abuela, las coincidencias residen en los detalles y que, además, son esos detalles los que deciden el rumbo que siguen nuestras vidas. Por tanto, para ella, los detalles no son más que un sinónimo de «directriz». *La unidad de tiempo más pequeña no es el instante, puesto que cada instante está compuesto por una multitud de instantes, y dentro de cada uno de ellos habita el azar que gobierna nuestras vidas.*

Entonces recuerdo que, en nuestro viaje de vuelta a Reikiavik, cuando veníamos de remover los huesos, como decía mi hermana, tía Fífa me habló de algunos antepasados nuestros, ya fallecidos, que habían venido al mundo por azar o por milagro. *La casualidad había querido que fulanito hubiera conocido a menganita y que de su encuentro hubiera nacido alguna antepasada o antepasado, un descendiente que no estaba previsto, que no entraba en los planes; ciertos individuos no deberían haberse conocido, y mucho menos amarse*, repetía continuamente. Por otro lado, muchos de nuestros ancestros habían estado a punto de morir poco antes de tener descendencia, como una antepasada embarazada que estuvo cerca de tirarse a un río de aguas resplandecientes al atardecer. Todo eso no hacía sino poner de manifiesto lo poco que había faltado para que no existiéramos, lo azaroso del hecho de que estuviéramos sentadas una junto a la otra en el Lada mientras bordeábamos Hrútafjörður, ella y su compañera de asiento cincuenta y cinco años más joven, sí, el hecho de que nos hubiéramos conocido era fruto de una concatenación de coincidencias, el resultado de una larga sucesión de casualidades, acumuladas de generación en generación.

—Cien millones de espermatozoides compiten por fecundar un óvulo —dijo la antigua comadrona jefe para concluir su reflexión sobre lo azaroso de la concepción.

Los armarios de la cocina han quedado como nuevos con solo una capa de laca. Me paso al comedor para retirar el empapelado y descubro que debajo hay tres capas de pintura de distinto color. Las tres amigas ya han terminado de rellenar con masilla los agujeros de la pared del dormitorio y casi han acabado de darle la primera mano de pintura al salón.

Al otro lado de la ventana el sol está bajo en el cielo, a la altura de la mirada. Sus rayos se cuelan entre dos abetos del cementerio, justo por encima de las tumbas, y su luz dorada me deslumbra durante un instante.

El día sigue acortándose. Pero mañana cambiarán las tornas.

El azar no se inventó hasta 1605

El azar es un tema recurrente en las cartas que se escribieron tía Fífa y Gwynvere. Las dos hablan largo y tendido sobre *esa asombrosa causalidad que vincula dos sucesos que no parecen guardar ninguna relación entre sí. ¿Puede que el azar sea Dios?*, se pregunta Gwynvere, aunque los borradores de mi tía abuela no me permiten saber si le da una respuesta.

En una de sus cartas, tía Fífa menciona al «padre de la luz», aquel comadrón cuya existencia había descubierto y sobre el que pretendía escribir, es decir, Gísli Raymond, más conocido como Nonni. Debo admitir que aquí me pierdo un poco porque parece ser que, en ese punto de la correspondencia, tía Fífa había dejado de escribir sus borradores. Sin embargo, la carta de respuesta de su amiga galesa aporta información sobre un santo, un tal Ramón Nonato, patrón de las parteras, las embarazadas y las parturientas. Gwynvere comienza diciendo: *Retomando la cuestión de las casualidades que tanto te fascinan...* A continuación, explica que la madre del santo murió durante el parto y que su hijo tuvo que venir al mundo por cesárea. *«Nonato» significa «no nacido»*, escribe Gwynvere con grandes letras onduladas en una hoja de papel azul claro, casi transparente.

El azar también aparece en la última carta que tía Fífa le escribe a su amiga, la que le devolvieron. Entre otras cosas, dice:

Cuando busqué en el diccionario de la bella lengua de Shakespeare la palabra «azar», mi querida Gwynvere, descubrí que el azar no se inventó hasta 1605.

La humanidad se extinguirá, pero la luz seguirá existiendo

Mi hermana me pregunta de vez en cuando:

—¿Sigues hurgando en los papeles de tía Fífa?

—Sí, estoy pasándolos a ordenador.

—¿Y no te parece una pérdida de tiempo?

—Sin duda.

Hace tiempo que estoy convencida de que *Vida animal. Estudio sobre las aptitudes del animal humano* es el manuscrito más antiguo, pero todavía tengo mis dudas sobre si tía Fífa escribió primero *Azar* o *La verdad sobre la luz*. La última vez que mi hermana me preguntó dónde estaba y si había avanzado en mis indagaciones, le respondí que la intención inicial de nuestra tía abuela era comprender el comportamiento humano, pero, al ver que se trataba de una batalla perdida, se había propuesto entender la luz. Sin embargo, también había acabado tirando la toalla y al final había decidido escribir sobre el azar.

—O puede que fuera al revés —reparé—. Que abandonara el azar para ponerse a investigar la luz. No estoy segura del orden.

Durante un tiempo también me pareció probable que hubiera trabajado en los tres manuscritos a la vez.

Una de las cosas que apoyan mi propuesta de orden cronológico es que tía Fífa va perdiendo la fe en el hombre a medida que avanzan las páginas. En *Vida animal*, los animales sobreviven perfectamente sin necesidad de que exista el ser humano; en la segunda mitad de *La verdad sobre la luz*, las plantas también se las arreglan sin el hombre, mientras que este no puede vivir sin ellas; por último, en *Azar*, el mundo entero sigue adelante en ausencia de la humanidad. Por eso llevo tiempo pensando que es el manuscrito más reciente. Sin embargo, lo que complica el asunto es que mi tía abuela reflexiona en todos los textos sobre si el hombre ocupa realmente un lugar en este mundo o si, por el contrario, su presencia es superflua.

El hombre cree que los pájaros cantan para él, pero, cuando desaparezca, los bosques volverán a crecer y los animales prosperarán. Las aves continuarán volando de un continente a otro, cruzando fronteras, surcando océanos y anidando en los altiplanos, las marismas o los acantilados. Ya no tendrán que compartir las bayas con el ser humano porque este habrá dejado de hacer mermeladas y zumos. A continuación viene un largo ensayo sobre la capacidad de vuelo de las aves, esa fascinante habilidad que combina elementos de la biología y de la física. Después describe diferentes formas de alas y analiza su tamaño en relación con el cuerpo. Las aves con alas proporcionalmente grandes, como el charrán ártico, pueden recorrer distancias muy largas. Sin embargo, otras aves lo tienen más difícil y deben coger carrerilla para alzar el vuelo y mantener su pesado cuerpo en el aire, como los gansos. Otras, como los frailecillos, aprovechan las corrientes ascendentes de aire que remontan los acantilados para poder planear. Sin embargo, la característica más notable de las aves es sin duda su agudeza visual. Finalmente, se pregunta qué concepto tendrán de hogar esas especies cuando el hombre haya desaparecido de la faz de la tierra. Se pregunta: *¿El hogar de las aves migratorias es el lugar donde pasan el invierno o donde ponen los huevos y cuidan de sus crías?*

Su conclusión es rotunda: *Todo apunta a que el hombre será la especie más efímera que haya poblado la tierra.*

La humanidad se extinguirá, pero la luz seguirá existiendo, escribe en *La verdad sobre la luz.*

En cambio, si trato de ordenar los manuscritos ateniéndome al estilo, me inclino a pensar que *La verdad sobre la luz* fue el último que escribió. En *Azar*, da la impresión de que escoge los temas aleatoriamente, como sacándolos de una chistera, mientras que en *La verdad sobre la luz*, el texto parece desmoronarse poco a poco hasta acabar disolviéndose por completo. Sus páginas contienen espacios en blanco cada vez más amplios, las frases y las palabras están cada vez más separadas entre sí, hasta que al final las letras de una misma palabra también se alejan unas de otras, como si estuvieran solas y abandonadas en medio de un desierto. Paso páginas y páginas prácticamente en blanco, preguntándome si realmente forman parte del manuscrito o están ahí por equivocación. En las últimas hojas no hay más que unas pocas palabras dispersas, hasta llegar a la frase final.

Bajo
un
nuevo
cielo
en
una
nueva
tierra
s e o y e
u n p á j a r o.

Al principio pensé que el manuscrito rechazado por el editor había sido *Vida animal. Estudio sobre las aptitudes del animal humano*, pero ahora sospecho que se trataba de su texto más fragmentario, *La verdad sobre la luz*, donde el hombre ya no está pero la luz permanece.

Patrones de comportamiento humano

Hasta hace poco no descubrí unas hojas enrolladas de papel encerado en el cajón inferior de la cómoda, junto a la caja de botones y los alfileteros. Cuando las desenrollé, me di cuenta de que no eran unas hojas sueltas, sino que estaban unidas formando un único pliego de enigmático contenido. Al desplegarlo, vi que consistía en un conjunto de dibujos hechos a lápiz pegados entre sí con celo. Estaba claro que se trataba del boceto de un bordado. Sin embargo, no parecía estar basado en ningún modelo, no seguía ningún patrón aparente, ningún sistema, ninguna lógica, más bien daba la impresión de ser un ejercicio de improvisación y que tía Fífa hubiera ido añadiendo hojas sobre la marcha. Curiosamente, en algunos dibujos precisaba la técnica de bordado y el color del hilo: punto de cruz, pespunte violeta, punto plano verde, punto en diagonal, punto alto, punto en cadeneta, punto en espiga. Estaba claro que tenía la intención de emplear toda clase de puntadas y técnicas, había puntadas largas y cortas, puntos combinados y puntos entrelazados. Algunas líneas daban giros bruscos y cambiaban de dirección de repente. Sin embargo, lo más llamativo eran los enormes espacios en blanco donde mi tía abuela se había limitado a escribir la palabra «luz». Los huecos aumentan a medida que se añaden las hojas, de modo que las formas parecen disolverse y la obra se vuelve cada vez más críptica. Cuando extendí el dibujo sobre el escritorio, me pareció estar viendo las huellas que había dejado un grupo de mirlos sobre la fina capa de nieve que cubría la tumba de tía Fífa. En el margen superior del boceto, se podía leer un título escrito con letra temblorosa:

Patrones de comportamiento humano.

Todavía no he explorado todo lo que dejó mi tía abuela tras su fallecimiento. Solo he revisado por encima las cosas del trastero y, de momento, no he encontrado ningún bordado que se corresponda con el dibujo. Ahora recuerdo que, en una de mis visitas al hospital, me habló de su obra final y me dijo que me dejaba a cargo de terminarla. Sus explicaciones eran un tanto misteriosas. Decía que solo quedaba dar las últimas puntadas y cortar los hilos sueltos y, según ella, mis manos estaban hechas para ese trabajo. Yo pensaba que se refería a la labor de comadrona, o al menos así lo daba a entender todo aquel discurso sobre puntos, costuras y el cordón que une a madre e hijo. Parecía ver en mí una prolongación de su carrera.

Sin embargo, ahora creo que ese dibujo es la continuación de *La verdad sobre la luz*, que dejó el manuscrito sin terminar o bien que, llegado un punto, se quedó *falta de palabras* y dejó definitivamente de escribir para retomar las labores de bordado. *He abandonado el lenguaje*, escribe en la última carta que envió a Gales, la que le devolvieron tras la muerte de Gwynvere. Y añade: *Ya he terminado el boceto de un enorme bordado que voy a confeccionar sin atenerme a ninguna técnica concreta. Lo más difícil va a ser bordar la luz.*

Y a mí me dijo: *No hacen falta más palabras, pequeña Dýja. A este mundo no le hacen falta más palabras.*

Ulyssus Breki

Estoy terminando de quitar el papel de vinilo cuando me suena el móvil.

Me parece oír el sonido de unas olas rompiendo y el graznido de unos pájaros.

—Hola, soy Ketill.

—¿Ketill?

—El electricista.

Comienza preguntándome si se me ha vuelto a fundir alguna bombilla desde ayer.

—No, ninguna —respondo.

Su voz se entrecorta, pero consigo entender que necesitaba tomar un poco de aire y que ha salido a dar un paseo en coche. Primero ha dado una vuelta por el vecindario sin saber muy bien a dónde iba y luego ha seguido conduciendo sin rumbo fijo hasta encontrarse de repente frente al hogar de su infancia, la antigua casa de su madre, ahora ya vendida. Después ha salido de Reikiavik en dirección este, ha cruzado el puerto de Þrengslin y ha continuado hasta llegar al pueblo de Eyrarbakki. Al pasar por la cárcel de Litla Hraun, ha llamado a Sædís para avisarla de que iba a llegar tarde. Luego ha bajado a la playa para contemplar las olas. Aunque, en realidad, no ha contemplado nada porque no se podía ver gran cosa en plena noche y en medio de la ventisca, así que más bien se podría decir que ha estado escuchando las olas.

Ahora está volviendo a la ciudad.

Le pregunto por el bebé y por la madre.

Me dice que el bebé está bien.

Se hace un breve silencio al teléfono y me pregunto si se ha cortado la comunicación.

—Sé lo que me va a decir Sædís en cuanto llegue —continúa—. Cada vez que me ve salir, piensa que no voy a regresar. Me va a decir: Sé que no tenías ganas de volver.

—Cuidar de un bebé es mucho trabajo —le digo.

Lo escucho respirar hondo.

—Quería preguntarte si podrías pasar por casa para hablar con ella.

—¿Y si pruebas con una de las comadronas a domicilio de las que te hablé?

—Está de acuerdo en que vengas. No tienes por qué venir en calidad de comadrona, solo en calidad de persona.

Me lo pienso.

—Se pasa el día diciendo que Ulyssus Breki está destinado a morir. Yo le digo que se morirá, pero que no lo va a hacer inmediatamente. Que primero tendrá una vida. Puede que llegue a los ochenta y nueve años, como su abuelo. Entonces me dice que el problema no es lo pronto o lo tarde que se vaya a morir, sino que se va a morir. Me pregunta: ¿Quiero engendrar a una persona para luego dejarla tirada en un mundo con sequías, contaminación y virus? Y yo le recuerdo: Ya ha nacido, Sædís.

Lo oigo apagar el motor, bajar del coche y cerrar la puerta.

—Estoy perdido —confiesa.

Le digo que estaré allí en una hora.

Entro en el dormitorio y descuelgo las cortinas. La tela está decorada con motivos verticales que parecen grandes gotas de lluvia.

Han llegado refuerzos al equipo de rescate. Ahora son cuatro y han empezado a pintar el dormitorio.

Comer, beber, dormir, relacionarse con los demás, compartir, descubrir

Viven en el mismo barrio, a cuatro pasos, como me ha recordado al teléfono.

Un verano trabajé como comadrona a domicilio, así que sé muy bien lo que me espera: una mujer pálida de labios blanquecinos, un pasillo atestado de zapatos, una casa que huele a cerrado, los radiadores al máximo, las ventanas cerradas, una joven madre a la que le duelen los pechos, un bebé con dolor de barriga, una caja de pizza abierta en la cocina en la que aún queda una porción, y yo misma diciendo: El pepperoni no es bueno para el bebé.

El electricista me saluda en la entrada y mantiene la puerta abierta mientras me pone en situación.

—Sædís no hace más que llorar —dice en voz baja.

Titubea.

—Y yo también, la verdad. Lloramos los dos. ¿Te parece normal?

No me dice: Soy como cualquier otra persona: amo, lloro y sufro.

Le respondo:

—Quizás sea buena idea consultar a un psicólogo.

Me lavo las manos, saludo a la mujer y me inclino sobre la cuna.

El niño duerme como un tronco y me hace pensar en el capítulo del libro de tía Fífa sobre el desarrollo humano.

Mientras que las focas hembras se deshacen de sus crías al cabo de seis semanas, lo único que hace un bebé humano durante sus primeras semanas de vida es dormir, lactar y defecar.

Me siento en una silla y le pregunto a Sædís cómo se encuentra.

Sé lo que les preocupa a las madres recién estrenadas. Por un lado, les da miedo cuidar de un ser frágil y extraño; por otro, les angustia pensar que nunca más estarán solas.

—Quería pasar mi último verano sin hijos haciendo camping y senderismo, pero no pude porque siempre tenía nauseas —me explica.

Y pienso que mi experiencia dice que es tan frecuente que una mujer esté preparada para tener hijos como que no lo esté. Su marido nos observa un rato hasta que decide meterse en la cocina para dejarnos hablar tranquilas. Lo oigo cacharrear y abrir el grifo. Luego se escucha el tintineo de unos platos: está fregando la vajilla.

—Este verano quería aguantar despierta hasta tarde para ver cómo se ponía el sol y volvía a salir casi inmediatamente, pero a las nueve y media ya estaba muerta de sueño. Tenía pensado subir el monte Esja, acampar junto a un arroyo y cocinar con un hornillo.

El niño estornuda y se despierta.

Vuelvo a recordar el capítulo de *Vida animal* titulado «El desarrollo del hombre es más lento que el de otros animales».

El niño humano tarda entre dos y tres meses en aprender a mantener la cabeza erguida y a sonreír cuando le hacen carantoñas. También es el tiempo que necesita para descubrir que tiene manos.

—Nada te impedirá hacer todo eso el verano que viene —le recuerdo—. Podrás ver el amanecer poco después de haber visto el atardecer, caminar por el monte con un termo de chocolate caliente y sentarte en una roca a contemplar el estrecho de Sundin.

Deja escapar un suspiro.

—Para cuando se me pasaron las náuseas, mi cuerpo pesaba demasiado para ir de excursión. Además, ya era otoño y el Esja estaba nevado.

El niño bosteza y frunce el ceño.

Oigo al electricista salir a la calle, la nieve cruje bajo sus pies, abre un contenedor, deja caer la tapa, vuelve a casa y cierra la puerta. Ha tirado la basura. Al ver que le hago un gesto para indicarle que ya puede venir, se acerca con su delantal atado por delante y le da una palmadita en el hombro a su mujer.

Me acompaña a la entrada y mantiene la puerta abierta mientras me habla, como cuando he llegado. Hace un frío helador.

—¿Entiendes ahora lo que quería decir? —me pregunta.

Deja la mirada perdida en el cielo y se frota las manos como para insuflarles vida. Luego se las mete en los bolsillos del pantalón.

—Trato de cuidarla para que pueda cuidar del bebé. Le digo: ¿Es que no te contentas con estar viva, Sædís? ¿Comer, beber, dormir, relacionarte con los demás, compartir, descubrir? Hace un rato, cuando he sacado la basura, se me ha acercado el gato del vecino y se ha refrotado entre mis piernas mientras ronroneaba. —Se seca los ojos con la solapa de su camisa a cuadros, que le asoma por debajo del jersey—. Sí, aprovechemos antes de que el sol se extinga —me responde.

Le dejo un número de contacto al que puede llamar.

Revolución, pan, tiempo, duda, justicia, verdad, isla, sufrimiento y valor

Ahora que Vaka y sus amigas se han marchado y me he quedado sola en casa, abro el armario y extiendo sobre la cama los vestidos de tía Fífa. Conforme los doblo, los organizo en tres montones: uno es para el Fondo de Ayuda a las Madres, otro para la Cruz Roja y otro para el Ejército de Salvación. Me quedo con dos vestidos, uno verde con cinturón y otro negro con tirantes de perlas. Me pruebo el negro. Hay que ceñirlo por la cintura y por encima del pecho, así que voy a buscar unos alfileres y se los pongo antes de probármelo de nuevo.

Más de una vez me ha tocado asistir el parto de los hijos de mis examantes. Y también estaba de turno el día en que el hombre que iba a ser el padre de mi hijo vino a la maternidad, dos años después de habernos separado. El parto había empezado bien, lo llevé junto con su esposa a la sala de examen y allí los saludé estrechándoles la mano. Al ver que no terminaba de soltar el apretón, percibí en él cierta inseguridad. Entonces salí de la sala y me siguió por el pasillo, aunque casi se podría decir que me persiguió.

Le expliqué que iba a buscar a otra comadrona.

—No es necesario —aclaró.

Y añadió vacilante:

—¿Cómo estás?

—Bien.

Le pregunté lo mismo.

—Bien.

Hace unos días me lo encontré en la piscina. Caminaba de la mano de una niña que llevaba puestos unos manguitos. La acompañó hasta la piscina infantil, donde chapoteaban un montón de niños, y se quedó un rato observándola. Luego se acercó al jacuzzi donde estaba yo, bajó los escalones, se sumergió en el agua caliente y permaneció un momento sentado con los ojos cerrados. Cuando los abrió para vigilar a la niña, la pequeña le hizo un saludo con la mano y él se lo devolvió. Solo entonces se dio cuenta de que me tenía enfrente. Tardó unos segundos en encontrar las palabras adecuadas.

—¿Sigues trabajando en la maternidad?

Le dije que sí.

Aparte del hijo de catorce años cuyo parto había asistido yo y de la pequeña, que jugaba con los otros niños en la piscina infantil y parecía haberse olvidado por un momento de su padre, me informó de que tenía otra hija de un año.

Se sumergió en el agua hasta la barbilla.

Cuando se enderezó, me miró y me preguntó:

—¿Y tú? ¿Tienes hijos?

—No, no tengo hijos —respondí.

Luego volvió a comprobar si su hija se encontraba bien. Sí, estaba a salvo.

Cuando, antes de salir del recinto, me acerqué al mostrador para devolver la llave de la taquilla, me los volví a encontrar y me mostró las fotos de sus otros hijos.

A las dos de la mañana termino de darle la primera mano de pintura al salón. Tras tapar el bote y lavar el rodillo, oigo unos ruidos en el ático. El viajero venido desde las antípodas no parece estar durmiendo.

Cuando me lo crucé el otro día por las escaleras, me confesó que no podía pegar ojo por las noches debido al *jet lag*. También me dijo que tenía que leer con la luz encendida durante el día. Cuando me preguntó si los islandeses pasaban el verano entero leyendo en el jardín, pensé: Islandia no es precisamente un país donde una suave brisa acaricia las páginas de un libro o una nube solitaria baila al son de un poema.

—Aquí no es muy habitual que la gente lea fuera —me limité a responder.

Creo que no he acabado de dejarle claro que se avecina una tormenta de dimensiones titánicas.

Poco después de quedarme dormida, me despierta el zumbido de una mosca y enciendo la lámpara de la mesilla. Salgo al salón para coger un libro de poesía y oteo el horizonte, esa línea donde el ser humano ha situado tantas cosas: los barcos, el sol, el extranjero, la distancia, la revolución, el pan, el tiempo, la duda, la justicia, la verdad, una isla, el sufrimiento, el valor.

Agujero negro

Estoy tumbada en la cama y el marco de la ventana proyecta en la pared una sombra en forma de cruz.

Antes de que las amigas de Vaka se despidieran ayer, me ayudaron a sacar el escritorio del dormitorio y a meterlo en el salón para ponerlo donde estaba el sofá. Queda que ni pintado junto a la librería. Además, ahora que he hecho hueco en el dormitorio, he podido desplazar la cama y ya puedo abrir la puerta como Dios manda. Hoy reorganizaré los libros.

—He visto que tienes un árbol de Navidad y una caja de adornos —me dijo Vaka cuando nos quedamos a solas.

Me sugirió que lo pusiéramos todo. Yo saqué el árbol y ella cogió la caja.

Se la veía entusiasmada.

—¡Esto parece el Museo de Historia Nacional!

Bajo al buzón para coger el periódico y lo hojeo rápidamente mientras se tuesta el pan. Me detengo en una noticia breve, atraída por la foto que la ilustra.

Luz en el centro de un agujero negro, dice el titular. Según el texto, han conseguido fotografiar un agujero negro por primera vez y, al parecer, han detectado luz en su interior. La imagen no es muy clara, pero en ella se ve una superficie negra y granulosa que, de alguna manera, me recuerda a la ecografía de un útero. En el centro se aprecia una especie de anillo luminoso que parece el final de un largo túnel.

Tía Fífa iba bien encaminada. Esa es precisamente la expresión que utiliza en una de sus cartas a Gwynvere, «bien encaminada». *En plena oscuridad, en el corazón de las tinieblas, brilla la luz*, escribió.

Me parece oír un ruido en las escaleras del inmueble y, un instante después, llaman a la puerta. Me pongo una goma en el pelo y abro. En el rellano aparece mi vecino con unas sábanas dobladas que me entrega mientras me da las gracias por habérselas prestado.

—Las he planchado —me informa.

Al ver que no parece querer marcharse, lo invito a pasar. Acaricia el papel de vinilo del pasillo y me dice que su abuela tenía uno parecido en su casa.

Pasea la mirada por el salón y se detiene en la biblioteca. Saca el poemario de Borges y dice: Yo también tengo este libro. Luego examina la colección de vinilos, se detiene en la *Consolación n.º 3 en re bemol mayor*, de Liszt, y dice: Yo también tengo este disco. Después se acerca a la ventana. En lo alto de una farola hay una gaviota con el pico amarillo y el plumaje alborotado. La veo bajar volando hacia la acera y aletear entre los coches en la luz dorada de la mañana.

Anoche dejé abierta la ventana del salón para que se marchara el olor a pintura. Veo una fina capa de escarcha sobre el alféizar y me pregunto si debería cambiar la begonia de maceta.

—Hace un momento me ha parecido que entraba un tímido rayo de sol por la ventana —dice mi invitado—, una franja rojiza que ha durado unos segundos.

Me ajusto a la muñeca el brazalete de mi tía abuela. He colocado el árbol de Navidad en medio de la alfombra de rosas doradas. Es la primera vez que tengo adornada la casa durante estas fechas.

Le pregunto cuándo es el cumpleaños de su hijo y me dice que es el 17 de julio.

—Nació en pleno invierno —añade.

Le pregunto si es sensible y me dice que sí, como su madre.

Le pregunto si le prepara el desayuno y me dice que sí.

Le pregunto si se preocupa por él y me dice que sí.

Entonces me viene a la cabeza un fragmento del sueño que he tenido esta noche. Me ha parecido oír la voz de tía Fífa justo antes de despertar: *Todo el mundo acaba dañado por la vida, pequeña Dýja.*

El hombro del australiano está cerca del mío, y pienso: ¿y ahora qué?

No ha visto la luz

Hoy es mi último turno antes de Navidad. Ficho al llegar y me pongo la ropa de trabajo. En la sala de personal me encuentro con dos comadronas que acaban de terminar el turno de noche. Están sentadas con aire abatido y noto que una ha estado llorando. La jefa de turno me recibe con el semblante serio y me lleva a su despacho para anunciarme que esta noche ha muerto un bebé durante el parto y que debo cuidar de la mujer que ha perdido a su niño.

—Ha pedido expresamente que fueras tú —me aclara.

Me mira mientras añade:

—Dice que te conoció en el vestíbulo cuando vino a dar a luz y que la ayudaste a subir al ascensor.

Reflexiono unos segundos.

—Pero de eso hace tres días —le digo—. ¿No ha dado a luz hasta esta noche?

—Eso parece. Ha sido un parto muy prolongado.

Me habla de un problema de comunicación entre turnos y utiliza la palabra «malentendido». Dice que ha habido un malentendido.

Continúa:

—Habrá una reunión para revisar los procedimientos de trabajo.

Hace una pausa antes de seguir.

—No quieren que venga ningún pastor.

—¿Cuándo le darán el alta?

—Se supone que mañana, pero ella quiere irse a casa ya.

Titubea.

—No llora.

Llamo con suavidad a la puerta de la habitación y abro sin esperar respuesta.

La mujer está sentada en la cama, mirándose el regazo. Se ha duchado y tiene el pelo mojado. La bandeja del desayuno está intacta sobre la mesa: gachas de avena y pan con queso.

Junto a la cama, el bebé reposa en una cuna refrigerada.

El padre está sentado en una silla con la mirada clavada en el pequeño. Cuando entro, se levanta y se acerca a la ventana. De camino, me roza al pasar y se disculpa.

—Perdona —me dice.

Se queda un rato contemplando el aparcamiento. Luego coge la ropa de su esposa y la deja en la cama antes de ir a buscar a las dos abuelas y a uno de los abuelos para que puedan despedirse de su nieto.

Cojo la silla y me siento junto a la mujer.

—Todavía no le hemos dicho a nuestra hija que su hermano no va a venir a casa con nosotros —es lo primero que dice.

—Pobre niño —digo.

—Mi hija está aprendiendo estos días el género neutro en clase de lengua.

Le retiro las vías del dorso de la mano.

—Luchó todo lo que pudo por mantenerse con vida —añade sin girarse hacia la cuna.

Sentada a su lado, la escucho en silencio.

El asiento infantil del coche está en el suelo.

—Anoche aún latían dos corazones en mi interior.

Mientras habla, se estira el pelo y desliza los dedos entre sus cabellos, como si se estuviera desenredando las puntas. Parece una arpista.

—Pesaba casi cuatro kilos y medía cincuenta y dos centímetros. Estaba listo. Un niño grande con manos grandes. Nunca sabré si era disléxico, como su padre.

Ella habla.

Yo escucho.

—Le lavaron y le secaron el pelo. Lo tenía ondulado —dice mientras deja caer los pies al suelo antes de comenzar a vestirse. Tiene los zapatos junto a la cama, unos botines negros y usados con cremallera lateral.

—Me dijeron que venía del lado izquierdo.

Se calza.

—Ahora entiendo por qué no podía acostarme sobre ese lado.

Cuando llego a casa, abro el grifo de la bañera. Me sumerjo en el agua y me hundo en las oscuras profundidades de las que todos procedemos, en esas turbias aguas primigenias.

Estoy tratando de comprender los fenómenos más fugaces y peligrosos, como la vida misma, escribe tía Fífa en una de sus cartas a Gwynvere.

Cada vida que se enciende es un universo. Y cada vida que se apaga también.

Ya no reside en la dirección indicada

—¿Has llegado ya a alguna conclusión sobre las investigaciones de tía Fífa? —me pregunta mi hermana.

—Sí y no.

—¿Tiene fe en el hombre?

—La tiene y no la tiene.

—¿Hay esperanza?

—La hay y no la hay.

Pienso en un capítulo de *Vida animal* titulado «Los últimos días del hombre en la tierra» y añado:

—Creo que considera inevitable que el ser humano acabe autodestruyéndose.

Sin embargo, los manuscritos de nuestra tía abuela no están exentos de paradojas. En repetidas ocasiones, los puntos de vista que expone en un capítulo contradicen los que explica en otro. Podría decirle a mi hermana que tía Fífa desconfiaba de su propio discurso, que cuestionaba continuamente sus conocimientos y hacía que se tambalearan. A veces adoptaba nuevos enfoques para intentar arrojar algo de luz sobre las cuestiones que investigaba. En realidad, creo que no pretendía llegar a ninguna conclusión, puesto que todo era demasiado complejo para poder obtener un resultado concluyente y el significado de las palabras no era siempre de fiar. Sospecho que se refiere a sus propios textos cuando le escribe a su amiga galesa: *Puedes tener una opinión para cada cosa. Y también la opinión contraria.*

En su última carta a Gwynvere, la que le devolvieron con un sello que decía *Ya no reside en la dirección indicada*, declara lo siguiente:

Me preguntas si he avanzado. La respuesta es no. De hecho, diría que hoy sé menos que ayer. Lo único que sé es que el sol sale y se pone, que el hombre nace y muere, que nada es definitivo ni estático y que el ser humano es un explorador que se abre paso en un mundo de luz cambiante en perpetuo movimiento.

Seguidamente, escribe:

Es difícil entender a otra persona. Pero lo más difícil de comprender, lo más difícil de descifrar, lo más insondable de entre todo lo insondable, lo más extraño de entre todo lo extraño, es uno mismo.

—Entonces ¿no hay conclusión?

Llevo toda la vida tratando de averiguar cuál es el sentido de la existencia humana. Pero al final lo he entendido, ahora ya lo comprendo y creo tenerlo claro: el ser humano nace para amar.

—La cualidad humana más importante, pequeña Dýja, es la valentía —me dijo una vez.

Lo cual encaja con un comentario que anotó a bolígrafo en un margen de *Vida animal*: *En el epílogo se hablará de la fortaleza y la valentía.*

Al morir, un poeta le dice a un pequeño riachuelo, su mejor amigo: Te acordarás de mí, ¿verdad?

El destino quiso que estuviera a solas con tía Fífa el día que murió, a los noventa y tres años, dos semanas después de su infarto. La visitaba a diario. Me sentaba a su lado para conversar con ella y, aunque tenía la impresión de que se estaba recuperando, ella se quejaba de que no reconocía su ritmo cardiaco desde que había empezado a tomar esas pastillas nuevas que le habían recetado.

—Mis latidos no siguen el compás de siempre.

Me pidió que le llevara el perfume que guardaba en el armario del baño. Destapé el frasco de Esencia de Estrellas y olió la fragancia antes de aplicarse unas gotas detrás de las orejas. Luego le volvió a poner el tapón y me pidió que lo dejara en su sitio.

Mi madre se acababa de marchar. Sentada en la cama, tía Fífa me hablaba de la vida y de la existencia y recuerdo que, como siempre, me preguntó qué tal me había ido el turno y cuántos niños habían nacido, quería que le contara las últimas novedades, que le hablara de las piscinas, como ella llamaba a las bañeras de partos, y le diera mi opinión al respecto. Luego me preguntó si me había acordado de regar la begonia. *Basta con media taza al día,* me recordó. Por último, me pidió que le cuidara la caja hasta que ella volviera a casa. Yo entonces no sabía a qué caja se refería.

Le agarré la mano.

—Es importante celebrar —dijo con una sonrisa— el hecho de haber nacido.

Era casi la hora del café y me pidió que le llevara una taza y un trozo de pastel de ruibarbo. Mientras tanto quería estar acostada y la ayudé a ajustarse la almohada.

—Gracias por todo, pequeña Dýja —murmuró.

Recuerdo que, en aquel momento, me pareció extraño que añadiera: *Me ha encantado formar parte de esta vida.*

Cuando volví, estaba muerta.

Antes de salir de la habitación, me había dado unos golpecitos en el dorso de la mano con el índice y el anular, como hacía a menudo, mientras me decía:

—Las coincidencias, pequeña Dýja. No te olvides de las coincidencias.

Y recuerdo claramente sus siguientes palabras:

—Cuidaré de tu chico.

Lo más pequeño entre lo pequeño

Aunque mi tía abuela no tenía fe en el hombre, sí la tenía en el niño. O, mejor dicho, solo creía en el hombre mientras era un niño. Lo cual encaja con lo que me cuentan de ella sus compañeras de la maternidad. Por un lado, estaba el hombre y, por otro, el niño. Todo lo pequeño, a poder ser lo más pequeño entre lo pequeño, lo delicado y lo débil, le despertaba fascinación y ternura, bien perteneciera al mundo de los humanos, al reino animal o al vegetal; las crías de todas las especies animales, sobre todo las recién nacidas, los gatitos, los corderos, los potros de un día, el primer diente de león en primavera, los frágiles huevos de los pájaros, los polluelos, las moscas y las abejas, incluso las patatas tempranas suscitaban su asombro y su sentido de la belleza. Prefería las bayas pequeñas a las grandes y jugosas, y las semillas y los brotes incipientes a lo plenamente desarrollado, le fascinaban los delicados retoños de color verde claro y los acariciaba con la punta de los dedos; *lo pequeño se hace grande*, solía decir. También le interesaba todo aquello cuya existencia corría peligro en la naturaleza, los animales y las plantas castigados por las heladas de una primavera ilusoria que brillaba con la promesa de una pronta llegada, una primavera que bañaba cada rincón con su fría luz transparente para luego desaparecer sin previo aviso bajo un manto blanco, justo cuando las hojas de los árboles empezaban a brotar y los partos de los corderos estaban en pleno apogeo.

Sus manuscritos encerraban la paradoja de que, aunque el hombre terminaba desapareciendo de la faz de la tierra, tía Fífa visualizaba un futuro donde, además de haber un lugar para la fauna y la flora, también tenían cabida los niños. Y no solo ellos, porque todavía quedaba espacio para dos categorías más, como traté de explicarle a mi hermana: por un lado, los individuos que habían conservado al niño que llevaban dentro, es decir, los que *se divertían soplando los vilanos de un diente de león y no habían perdido su capacidad de sorpresa* y, por otro —como era de esperar, en palabras de mi hermana—, los poetas.

Caos

No hace mucho, mi hermana volvió a preguntarme qué pensaba hacer con los manuscritos.

Si iba a intentar publicarlos.

Al principio pensé que los textos no tenían ni pies ni cabeza, pero, a medida que avancé en mi lectura, me asaltaron las dudas y empecé a creer que esa supuesta falta de cohesión reflejaba precisamente la esencia y la intención de la obra, que su estructura se basaba en la ausencia de estructura, que había orden dentro del caos. Me tentaba explicarle a mi hermana la arquitectura general de la obra, que esa peculiar amalgama de temas dispares casaba con las ideas de nuestra tía abuela sobre la naturaleza del hombre y su comportamiento impredecible, con su idea de que la vida estaba sujeta a los caprichos de esa criatura que ella llamaba azar. En ese sentido, tiene lógica que sus textos carezcan de coherencia. Porque su coherencia reside en su incoherencia.

—Siendo así, no parecen invitar mucho a su publicación —opina mi hermana.

—Me da que no.

De hecho, no me sorprende que tía Fífa no encontrara un editor para su peculiar colección de textos inconexos. Podría decirse que entiendo bien que se los rechazaran.

Durante mucho tiempo seguí tratando de averiguar cuál habría sido su último texto y si se trataba de la versión definitiva de la obra, pero terminé concluyendo que no había ningún manuscrito final. O, más bien, que los tres juntos eran el manuscrito final, que el valor de la obra residía en aquel conjunto de textos contenidos en la caja de plátanos Chiquita y que, por tanto, habría que publicarlos en su totalidad.

—En realidad, era un trabajo en continuo progreso. Tía Fífa nunca tuvo la intención de acabarlo.

—Entonces ¿has dejado de hurgar en sus papeles?

—Sí.

Tras despedirme de mi hermana, guardo los manuscritos en la caja y la cierro con cinta adhesiva. La levanto, la bajo en brazos hasta el sótano y abro la puerta del trastero. Al hacerle un hueco en un estante, me encuentro con siete latas de albóndigas de pescado Ora.

El sol se acerca al horizonte y el cielo arde en llamas de color rojo sangre. Dentro de nada, el mundo se convertirá en un mar de tinta. Los regalos de Navidad para mi hermana y mi familia están envueltos sobre la mesa del comedor.

Mi caso

Cuando me despierto a la mañana siguiente, el olor a pintura se ha atenuado.

Mientras me preparo para ir a trabajar, recibo una llamada del hospital. Estos días ha habido importantes cambios en la gestión del personal y se ha modificado la denominación de algunos puestos de trabajo. Al otro lado de la línea, una mujer se presenta como la nueva directora de recursos humanos.

Apago el hervidor de agua.

Me informa de que ha estado revisando mi caso junto con dos compañeras cuyos nombres no me suenan y parece ser que últimamente he hecho demasiados turnos extras. Además, llevo unos cuantos años sin cogerme las vacaciones de verano completas.

—También hemos visto que llevas años trabajando en Navidad.

Se hace un breve silencio al teléfono.

—A las tres nos parecía injusto que te tocara siempre trabajar en Navidad. De hecho, podrías tomarte un descanso hasta mitad de enero.

—¿Pagado?

—Sí, te quedan vacaciones.

Me acerco a la ventana y, mientras hablamos, dos pájaros vuelan hacia un espeso banco de nubarrones.

—Luego hay otra cosa —añade.

Titubea.

—Respecto a la pareja que perdió al niño...
—¿Sí?
—Esa con la que estuviste ayer.
—Sí.
Me pregunta si le di a la mujer algún informe médico. Entre otras cosas, una copia impresa de los datos del monitor.
—¿A Margrét? Sí. Le entregué una copia de todos los datos relacionados con el parto. Me los pidió ella.
—Deberías haber pedido autorización.
Más allá de las cruces luminosas del cementerio, el mundo todavía es negro.

La única certeza es la incertidumbre

Más avanzado el día, justo cuando me fijo en que el cielo está teñido de una extraña luz amarillenta, me llama mi hermana. Está saliendo del instituto meteorológico y tiene voz de cansada. Me anuncia que la borrasca se aproxima a pasos agigantados y parece ser que el temporal estallará antes de lo previsto, esta misma tarde, a la hora de la cena. Además, el viento ha cambiado de dirección inesperadamente.
—Ahora va a soplar del norte y no del oeste.
Le cuento que tenía vacaciones acumuladas y que estaré libre en Navidad. Celebra la noticia, pero, en lugar de querer hablar de la cena de Nochebuena, me dice susurrando:
—En realidad, no sabemos qué va a pasar.
Le tiembla la voz.
—La única certeza ahora es la incertidumbre.
Sin embargo, nada le ha impedido poner el árbol de Navidad.
—Lo he puesto sola, como siempre.

Terremoto celeste

El viento está cogiendo fuerza y un manto de nubes grises se extiende rápidamente por el cielo como el humo de una hoguera. Todo el mundo ha corrido las cortinas y se ha atrincherado en su apartamento o en algún trastero sin ventanas, si disponen de ese lujo, como dice mi hermana. No hay un alma en la calle. El cielo se ha vuelto de plomo y el viento no deja de arreciar. La ventana del salón se abomba hacia dentro, retrocedo unos pasos y me detengo junto a María y el niño mientras la lluvia ametralla el cristal. A dos pasos de mi casa sale volando un tejado de chapa, después otro y luego otro, parece que alguien haya lanzado al aire una baraja de cartas. Antes de cada ráfaga se escucha un estruendo que recuerda al rugido de un avión. No sé de dónde sopla el viento, parece cambiar continuamente de dirección. La presión sobre los cristales sigue en aumento, como las contracciones antes de un parto, y veo los abetos del cementerio oscilar como el péndulo de un reloj, sus copas se ponen en horizontal, las ráfagas duran una eternidad, las raíces tratan de resistir, se mueven como un diente de leche que está a punto de caerse, la hierba de alrededor se abomba hasta que el viento arranca el árbol de cuajo. Los troncos caen al suelo, uno tras otro, como en una película a cámara lenta. Ya no se añadirán más anillos a la madera del abeto más viejo de la ciudad, hogar de trescientos mirlos. La tierra es un cuerpo apresado en una camisa de fuerza, el viento afloja unos segundos, se hace un silencio mortal, la calma en el ojo del huracán, y entonces el temporal arrecia una vez más y una nueva ráfaga azota la casa. Poco antes de medianoche, se produce un apagón en el barrio y saco las velas del cajón de la cocina.

Oigo un ruido en el piso de abajo, como una ventana rompiéndose en mil pedazos.

¿Es el primer o el último día del mundo?

No me duermo hasta bien entrada la noche y me despierto temprano por la mañana. El temporal ha amainado, pero aún queda mucho hasta que se haga de día. Me vuelvo a dormir y sueño que estoy sola en medio de una gran llanura yerma, un auténtico desierto. Sobre mi cabeza se extiende un amplio cielo y en la distancia se distingue un inmenso campo de lava negra. ¿Se ve el sol o no? Entonces me parece estar subida encima de un arcoíris que, de repente, se convierte en una bola de discoteca multicolor y me pongo a bailar al ritmo de *Born to Die*.

Cuando me vuelvo a despertar, ya es mediodía. Me quedo un rato tumbada en la cama y, aunque no me acuerdo de todo el sueño, sí recuerdo el ruido de un helicóptero, unas brillantes luces de Navidad y una claridad cegadora. Y la voz de tía Fífa diciendo: *Las abejas ejecutan danzas complejas*.

Presto atención a los sonidos de alrededor y me parece oír los ladridos de un perro seguidos de unos martillazos. Salgo de la cama, me acerco a la ventana y abro las cortinas. El aire está en calma y cae una copiosa nevada.

Hasta que no entro en el salón no recuerdo que anoche recibí una visita cuando las placas del tejado empezaron a salir volando. Mi invitado duerme en el sofá de terciopelo con flecos.

Cuando por fin amanece, los cristales aparecen cubiertos de sal y veo ante mí los estragos de la tormenta.

Se han caído varios árboles del cementerio y las cruces luminosas están desperdigadas por el suelo. La tierra es una herida abierta, tiene la piel desgarrada y despedazada. Por el vecindario se ven grupos de rescatistas con sus equipamientos naranjas clavando tablones en las ventanas rotas y recomponiendo los tejados. El cielo ha bajado a la tierra y la ha cubierto con un manto blanco y esponjoso.

El invitado se despierta y se incorpora. Dobla la colcha y me sonríe antes de acercarse a la ventana. Un helicóptero de rescate sobrevuela el cementerio.

Pongo a cocer unos huevos.

—Nosotros tenemos bosques en llamas. Vosotros, tejados volando —comenta.

Luego dice que tiene que subir para hacer una llamada.

—Lo prometí —me aclara.

En el patio trasero, uno de los troncos del arce se ha partido durante la noche y ha ido a caer contra la ventana del dormitorio de mi vecina de abajo. Llamo a su puerta y me muestra el desastre mientras me cuenta que, por suerte, estaba en la cocina y no en su habitación cuando el árbol hizo añicos el cristal. O, para ser exactos, cuando uno de los troncos se desplomó como una pasarela de embarque hasta estrellarse contra la ventana. El otro sigue en pie, igual que los andamios, que no parecen haberse movido ni un ápice.

Contemplamos los cristales rotos esparcidos por el suelo y las cortinas rasgadas, que cuelgan hechas jirones.

—Lo más curioso de todo —me confiesa— es que la maceta del alféizar no se ha movido de su sitio.

Cuando subo a casa, enciendo la televisión y, obviamente, las noticias solo hablan de los daños causados por la tormenta. Entrevistan a una serie de representantes de Protección Civil y se muestran varios reportajes sobre el trabajo de los equipos de rescate. Por un momento, me parece reconocer a Vaka en la pantalla. Por lo visto, el viento no solo arrancó alguna que otra placa de chapa, sino tejados enteros. También arrojó un autobús al estanque, derribó una grúa en el puerto y se llevó volando un minibús. En uno de los reportajes se ven los barcos del puerto sacudidos por un fuerte oleaje que salpica hasta el cielo y el reportero explica que las olas han sacado a tierra bloques de piedra de centenares de kilos que ahora bloquean las calles del centro. En el muelle, un arrastrero perdió los amarres y la tormenta lo llevó hasta un rompeolas donde ahora yace sin luz, como una bestia de acero prehistórica. Otras embarcaciones más pequeñas se han hundido en el puerto o han sufrido graves daños. El reportero termina su intervención diciendo que la tormenta ha abierto una brecha en el rompeolas y que ha aparecido el cadáver de un enorme cetáceo, probablemente un cachalote, medio sumergido en el mar, junto al auditorio Harpa.

El mundo acaba de nacer

Oigo que alguien abre la puerta de la calle y, un momento después, mi compañera de trabajo aparece en el rellano con su uniforme de rescate. Ha pasado toda la noche de servicio. Me imagino que querrá acostarse un rato, pero me dice que va de camino a casa y que prefiere no pasar. Sin moverse del umbral, apoya la cabeza en el marco de la puerta y me anuncia que su visita tiene un motivo. Cambia de postura y me cuenta que se había comprometido a guiar esta noche un circuito de auroras boreales. Cierra los ojos unos segundos y los abre de nuevo.

—Me comprometí hace mucho tiempo.

—Pero ¿no se ha cancelado?

Se mueve inquieta.

—No, esa es la cosa. Hay que proponer actividades a los turistas que han hecho el esfuerzo de venir hasta aquí. Siempre y cuando la predicción sea buena.

—¿Y la de esta noche lo es?

—Sí, me han llamado de Aurora S. L. y el pronóstico es bueno por primera vez en semanas.

Vuelve a cerrar los ojos unos instantes. Está exhausta después de una noche entera de continuas labores de rescate. Luego endereza la espalda y me dice:

—Basta con que el cielo esté oscuro y despejado.

Espero expectante a que explique el motivo de su visita.

—Quería preguntarte si podrías sustituirme.

Titubea antes de continuar.

—Me he enterado de que vas a estar de vacaciones hasta mediados de enero.

—¿Que te sustituya como guía?

—Eso es.

—¿Se va en autobús?

—Sí, en autobús. Por eso es un tour. No tienes que ir muy lejos. Solo lo suficiente para que no deslumbren las luces de la ciudad.

Reflexiono.

—Te sientas delante y hablas por el micrófono —continúa.

—¿Y qué digo?

Mi compañera respira hondo.

—Les explicas que el sol emite un chorro de partículas electromagnéticas que son atraídas por el campo magnético terrestre cerca de los polos. Allí se mueven a gran velocidad siguiendo una trayectoria en forma de resorte y, al chocar contra las moléculas de la capa más externa de la atmósfera, estas se excitan y emiten energía que se manifiesta en forma de aurora boreal.

Vuelve a cerrar los ojos.

—O de aurora austral, en el polo sur —puntualiza.

Hace una pausa antes de seguir.

—También tienes que explicar los colores verdes y morados, que se deben a la excitación del oxígeno y el nitrógeno, respectivamente. En el trayecto de vuelta no hace falta que hables.

Cuando mi compañera se ha ido a casa a descansar, llamo a la puerta del ático. Voy directa al grano y le pregunto a mi vecino si aceptaría una invitación a un tour de auroras boreales.

—Salimos a las ocho. Si estás libre, claro.

Me mira.

—Sí. Gracias.

El camino que queda por delante está inundado de luz

Bajo un aire gélido, un halo azulado brilla alrededor de la luna. Por lo demás, el mundo es negro. El conductor hace un gesto con la cabeza y se presenta. Lleva puesto un forro polar con el logotipo de la empresa.

—Bragi Raymond.

Le pregunto sobre su segundo nombre y me dice que es muy común en su familia. Por ejemplo, un tío suyo se llama Raymond Bragi. Y también hay más de un Gísli Raymond. Tras unos segundos de reflexión, enumera: Styrmir Raymond, Búi Raymond, Samúel Raymond.

Entonces me explica en qué consiste la excursión y me recuerda que tener el cielo despejado no es garantía de que se vaya a ver la aurora, así que a lo mejor tenemos que movernos un poco hasta encontrarla. Le indico el lugar que tengo pensado y me dice que está más lejos de lo habitual. La verdad es que no he viajado mucho por Islandia en invierno, cuando el paisaje parece una foto Polaroid descolorida. Mientras cruzamos los suburbios, el conductor me dice que no soy la primera comadrona que lo acompaña en un circuito y que también ha trabajado con varias enfermeras. Los guías deben tener nociones de primeros auxilios, así que le parece estupendo tener a su lado a una profesional sanitaria. También me cuenta que tiene cuatro hijas. El primer parto fue el más difícil, pero los demás no presentaron problemas. En lo que a él respecta, nació por cesárea.

—Antes de meterme a conducir autobuses para turistas, trabajaba como bombero y conductor de ambulancias —continúa.

Por lo visto, dentro de su ambulancia vinieron al mundo tres niños que tenían prisa por nacer, uno junto a la parada de autobús de Miklabraut, otro frente a IKEA y el tercero cerca de una panadería no muy lejos de la Biblioteca Nacional.

—Ahora me dedico a contemplar el paisaje en lugar de intervenir en accidentes e incendios.

Las placas de hielo de la carretera y los constantes baches le hacen reducir continuamente la velocidad.

Pasa un rato en silencio hasta que retoma el hilo.

—A veces me pregunto: ¿Podría ser granjero? Estaría bien eso de poder producir tu propia comida en la próxima pandemia, pero la respuesta es: No lo sé. Hay tantas cosas que uno no sabe. En mi trabajo he conocido a personas que han viajado por todo el mundo, y me pregunto: ¿Qué sabrán ellas de más? Intento analizar cómo es la gente por dentro.

Me habla con la mirada clavada en la carretera, concentrado. Le hago un gesto para indicarle que se detenga en un margen y alcanzo el micrófono. Los faros iluminan un campo de lava salpicado de neveros. El conductor aparca, echa el freno de mano y me recuerda que les diga a los pasajeros que tengan cuidado al bajar del vehículo. La gente avanza despacio por el pasillo del autobús medio vacío y duda unos segundos en el último escalón antes de salir y respirar el aire gélido. Es noche cerrada y el frío muerde.

—Diles que no se alejen mucho —me indica el conductor—. Y que no se separen del grupo.

Me pongo a la cabeza y avanzamos en fila india entre las ráfagas de nieve mientras nuestro aliento tiñe la oscuridad de gris. El conductor es el último en bajar, sin gorro ni guantes ni ningún abrigo encima de su forro polar. No muy lejos, tres caballos trotan con las crines escarchadas; los abedules, congelados, asoman entre las grietas; y, en algún lugar de las profundidades, el magma brilla, incandescente. Agrupados en medio del basalto negro, cerca del autobús, los turistas levantan la mirada a la espera de que cese la nevada y los cielos se abran para que pueda desplegarse el ondulante espectáculo de color en lo alto de la atmósfera. Tienen las cámaras preparadas.

Mi vecino del ático me tiende sus guantes.

Le sonrío.

Madre de las luces del norte

Los pasajeros se suben al autobús y regreso a mi sitio. Envueltos en sus anoraks, sus gorros y sus bufandas, guardan silencio desde sus asientos.

—¿Ha sido tu primer circuito? —me pregunta el conductor.

Le confirmo que ha sido mi primera vez.

—Lo has hecho de un modo muy original. No sabía que los científicos hubieran contado ya tantas estrellas. ¿Cuántas has dicho que eran?

—Quinientas sesenta mil.

—¿Y cuántas galaxias se conocen?

—Doscientos mil millones.

Se queda un rato pensativo.

—Nunca había oído a una guía hablar así de la electricidad.

Sube la calefacción antes de continuar.

—Me ha encantado lo que has contado de tus antepasadas comadronas, esas mujeres que viajaban solas en pleno invierno, hiciese el tiempo que hiciese, esas madres de la luz que se desorientaban, se extraviaban, desaparecían en los límites entre el cielo y la tierra y no siempre encontraban de nuevo el camino. Reconozco haberme conmovido con eso de que la mejor época del año para entender la luz es precisamente la época en que más escasea. Lo que no sé es si todos habrán comprendido tu analogía cuando has dicho que el hombre crece sumido en la oscuridad, como una patata. He visto que algunos cabeceaban en el trayecto de vuelta, pero yo, obviamente, iba despierto y te he estado escuchando. Debo admitir que nunca había oído a una guía decir que el hombre no se recupera jamás de haber nacido. ¿Y qué era eso otro que has dicho? ¿Que lo más difícil era acostumbrarse a la luz? No estoy seguro de que todo el mundo lo haya entendido.

Guarda silencio mientras bajamos por la cuesta de Ártún.

—No siempre se ve la aurora en estas excursiones —dice finalmente—. Pero, aun sin haberse visto, siempre defenderé la causa de la madre de las luces del norte. Como que soy un hombre. Como que soy esposo y padre de cuatro hijas. Como que me llamo Bragi Raymond.

Mira, ya amanece

El amanecer se está haciendo esperar. Finalmente, una franja de luz azulada asoma por el horizonte, sobre el cementerio, y a medida que se ensancha se ve el destello de la escarcha que cubre las hojas caídas sobre las tumbas. Entro en la cocina y enchufo a la corriente el calentador de agua. Funciona. En el móvil me espera un mensaje del electricista.

Sædís se encuentra mejor
está en el jardín
haciendo en la nieve
un hermoso ángel blanco
con forma de reloj de arena.

Abro la ventana, respiro hondo y me lleno los pulmones de aire frío.

Una fina capa de niebla difumina la luz del sol. Cierro los ojos y siento en los párpados el leve resplandor, la suave calidez del astro rey.

Ya puedes venir,   luz   del   día

estoy   esperando

a   que   te   enciendas

todo es blanco
todo está vacío y desierto

el brillo de la pantalla de mi ordenador
se confunde
con el de la nieve que hay fuera

estoy esperando

bajo un nuevo c i e l o

e n u n a n u e v a t i e r r a

s e o y e

u n

p á j a r o

Referencias literarias

Las pp. 15 y 71 contienen citas de *Pensamientos* de Blaise Pascal. Se hacen dos referencias a Tomas Tranströmer: una directa en la página 69 y una indirecta en la página 129. Las páginas 70 y 116 contienen citas de Steinn Steinar. Los versos de la página 99 son de Henry Scott Holland. En la página 116 se hace referencia al título de un poemario de Elinor Wylie. El título de la página 128 es un haiku de Jorge Luis Borges y el título de la página 159 es un verso de Abdelmajid Benjelloun.

Este libro se terminó
de imprimir en
Móstoles, Madrid,
en el mes de
febrero de 2024

«Para viajar lejos no hay mejor nave que un libro».

EMILY DICKINSON

Gracias por tu lectura de este libro.

En **penguinlibros.club** encontrarás las mejores recomendaciones de lectura.

Únete a nuestra comunidad y viaja con nosotros.

penguinlibros.club

Penguin Random House Grupo Editorial